L'Etranger

L'Etranger

그린비 크리티컬 컬렉션 23

알베르 까뮈

이인

이기언 옮김

그린비

차례

제1부

일러두기

1. 이 책은 Albert Camus, *L'Étranger*(1942)를 완역한 것이다.

2. 외국어 인명, 지명 등 고유명사는 2002년에 국립국어원에서 펴낸 외래어 표기법을 따랐
   으며, 프랑스어의 경우에는 원음의 음가에 가깝게 표기하였다.

I

오늘, 엄마가 죽었다. 아니 어쩜, 어젠지도 모른다. 양로원에서 전보가 왔다. "모친 사망. 명일 장례. 삼가 조의." 이건 아무런 의미가 없다. 아마 어제였을 거다.

양로원은 알제에서 팔십 킬로 떨어진 마랭고에 있다. 두 시에 버스 타면, 오후 중으론 도착할 거다. 그럼 밤샘할 수 있을 테고, 내일 저녁 돌아오게 될 거다. 난 사장한테 이틀간의 휴가를 신청했고, 사장은 그런 사유론 거절할 수 없었다. 하지만, 마음 내킨 표정은 아니었다. 난 사장에게 "제 잘못이 아닌데요"라고까지 했다. 사장은 대꾸하지 않았다. 그래서 난, 그런 말을 하지 말았어야 했다고 생각했다. 요컨대, 난 사과할 게 없었다. 오히려 사장이 나한테 조의를 표해야 할 터였다. 아마도 모레, 내가 상중인 걸 보면, 그렇게 할 거다. 지금으로선, 엄마가 죽지 않은 거나 조금은 마찬가지다. 그러나 장례 후엔, 끝난 일이 될 테고, 엄마의 죽음이 더욱 공식화될 거다.

난 두 시에 버스 탔다. 몹시 더웠다. 평소처럼 쎌레스트네 식당에서 점심을 먹었다. 모두가 매우 안타까워했고, 쎌레스트는 "하나밖에 없는 어머니인데"라고 했다. 내가 떠날 땐, 모두 문까지 따라 나왔다. 난 약간 멍했다. 에마뉘엘네 집으로 올라가서, 상장과 검은 넥타이 빌려야 해서였다. 에마뉘엘은 몇 달 전에 삼촌을 여의었다.

버스 놓치지 않으려고, 난 달려갔다. 그렇게 서두르고, 그렇게 달린 데다, 덜컹대는 버스, 휘발유 냄새, 도로와 하늘에서 번쩍이는 날빛, 아마 이런 것들 전부 땜에, 난 졸렸다. 길 가는 거의 내내, 난 잤다. 눈을 떴을 때, 난 군인한테 기대어 있었고, 군인은 웃으면서 멀리서 오는 길이냐고 물었다. 난 말을 섞지 않으려고 "예"라고 답했다.

양로원은 마을에서 이 킬로 떨어진 곳에 있다. 난 걸어갔다. 난 곧장 엄말 보고 싶었다. 하지만, 관리인이 원장을 만나야 한다고 말했다. 원장이 바빠서, 난 잠시 기다렸다. 기다리는 내내, 관리인은 지껄였고, 이윽고 난 원장을 만났다. 원장은 자기 사무실서 날 맞았다. 땅딸막한 노인이었고, 레지옹 도뇌르 훈장을 달고 있었다. 그는 맑은 눈으로 날 쳐다봤다. 이어서 나와 악술 했는데, 너무나 오랫동안 내 손을 붙잡고 있는 통에, 난 어떻게 빼내야 할지 몰라 난감했다. 원장은 서류를 훑어보더니, "뫼르쏘 부인은 삼 년 전에 여기에 들어왔구먼. 자네가 유일한 부양자였고 말이지"라고 했다. 원장이 날 타박하는 듯해서, 난 해명하기 시작했다. 그런데 원장이 내 말을 막고서 말했다. "이보게, 변명할 거 없네. 자네 모친의 서류를 읽어 봤네. 자넨 어머닐 감당할 수 없었어. 자네 모친에겐 도우미가 필요했어. 자네 봉급은 변변찮고 말이지. 게다가 이것저것 다 따져 보면, 모친에겐 여기가 훨씬 더 행복했네." 내가 맞장구쳤다. "예, 원장님." 원장이 덧붙였다. "자네도 알다시피, 자네 모친에겐 친구들도 있었고, 같은 또래의 사람들도 있었지. 그들과 지난날의 관심사들을 함께 나눌 수도 있었네. 자넨 젊으니까, 자네와 함께 지내는 게 따분했을 거야."

그건 사실이었다. 집에 있었을 때, 엄마는 말없이 물끄러미 나를 바라보며 시간을 보내곤 했다. 양로원에 들어간 처음 며칠 동안, 엄만 종종 울곤 했다. 하지만, 그건 습관 탓이었다. 몇 달이 지났을 땐, 양로원에서 다시 데려온다고 했으면 울었을지도 몰랐다. 여전히 습관 탓이었다. 내가 올해 양로원에 거의 가지 않은 것도 약간은 그런 이유 때문이다. 또한, 내 일요일을 잡아먹기 때문이기도 했다. 버스 타러 가서, 표를 끊고, 두 시간의 길을 가야 하는 고생은 차치하고라도 말이다.

원장은 계속해서 내게 얘기했다. 하지만, 난 그의 말을 거의 듣고 있지 않았다. 이윽고 원장이 내게 말했다. "어머님을 보고 싶을 거라 생각되는데." 난 아무 말 없이 자리에서 일어났고, 원장은 앞장서서 문 쪽으로 걸어갔다. 계단에서 원장이 설명했다. "자그만 영안실에다 어머님을 옮겨 놓았네. 다른 사람들이 동요하지 않도록 말이야. 원생 하나가 죽을 때마다, 이삼일 동안, 나머지 원생들의 신경이 예민해지거든. 그러면, 일하기가 힘들어져." 우린 마당을 가로질러 갔는데, 마당엔 노인들이 많았고, 몇 명씩 끼리끼리 모여 수다 떨고 있었다. 우리가 지나갈 땐, 입을 다물었다. 그리고 우리 등 뒤에선, 다시 대화가 이어졌다. 앵무새들이 소곤대는 거라고나 할까. 작은 건물의 문 앞에 이르자, 원장은 나를 두고 가면서 말했다. "뫼르쏘 군, 난 이만 물러가네. 언제든지 원장실로 오게. 원칙상, 장례식은 오전 열 시에 잡혀 있네. 그래야, 자네가 고인 곁에서 밤샘할 수 있을 거라 생각했네. 마지막 한마디만 덧붙이면, 모친께선 종교 의례에 따라 장례를 치렀으면 한다고 동료들에게 종종 말했던 거 같아. 필요한 건 내가 다 처리해 뒀어. 자네가 알아 뒀으면 해서 하는 말이네." 난 원장에게 고맙다고 했다. 엄마는 무신론잔 아니었지만, 살아 있을 적엔 종교를 생각해 본 적이 없었다.

난 안으로 들어갔다. 영안실은 하얀 회벽에다 천장이 온통 유리로 뒤덮여 있어서 아주 밝았다. 의자와 엑스자형 받침대들이 비치되어 있었다. 그중에 두 개가 방 한가운데 뚜껑 덮인 관을 떠받치고 있었다. 반짝이는 나사못만이 눈에 띄었는데, 살짝 박아 놓은 터라, 호두 유약을 바른 상판 위로 도드라졌다. 관 옆엔 하얀색 가운의 아랍인 간호사가 있었는데, 머리엔 선명한 색깔의 스카플 두르고 있었다.

그때, 등 뒤로 관리인이 들어왔다. 헐레벌떡 달려온 게 분명했다. 관리인은 약간 더듬거렸다. "관을 닫아 놨는데, 나사를 풀어야 볼 수 있겠네요." 관리인이 관으로 다가가자, 내가 말렸다. 관리인이 내게 말했다. "보고 싶지 않으세요?" 내가 대답했다. "예." 관리인이 멈춰 섰고, 난 그런 말을 하지 말았어야 했다고 느껴져서 난감했다. 잠시 후, 관리인은 날 쳐다보며 "왜요?"라고 물었는데, 나무라는 게 아니라, 그냥 알아나 보려는 듯했다. 내가 말했다. "모르겠습니다." 그러자 관리인은 새하얀 콧수염을 만지작대며, 날 쳐다보지도 않고서 말했다. "이해가 갑니다." 관리인의 옅은 푸른색 눈이 고왔고, 안색은 약간 벌겠다. 관리인이 내게 의잘 내밀었고, 자신도 약간 내 뒤쪽에 앉았다. 간호사가 자리에서 일어나 출구 쪽으로 향했다. 그때, 관리인이 내게 말했다. "종양이에요." 난 무슨 말인지 몰라 간호살 쳐다봤는데, 눈 밑으로 얼굴에 두른 띠가 보였다. 코 언저리 띠가 납작했다. 그녀의 얼굴에선 새하얀 띠만이 보였다.

간호사가 나가자, 관리인이 말했다. "전 이만 가 봐야겠습니다." 내가 어떤 제스철 했는지 모르지만, 관리인은 내 뒤에 그대로 서 있었다. 등 뒤에 있는 관리인이 거슬렸다. 영안실은 온통 저녁 무렵의 환한 햇살로 가득했다. 말벌 두 마리가 천장 유리에 부딪히며 붕붕거렸다. 난 잠이 오는 걸 느꼈다. 난 뒤돌아보지도 않고서 관리인에게 말했다. "여기 온 지 오래되셨어요?" 관리인은 즉각 대답했다. "오 년요." 마치 진작부터 내가 물어보기만 기다렸다는 듯이.

이어서, 관리인은 한참이나 떠들었다. 마랭고 양로원의 관리인이나 하다가 세상 떠날 만하다고 말했더라면, 펄쩍 뛰었을지도 몰랐다. 예순네 살이고, 빠리 출신이었다. 그때, 내가 말을 끊었다. "아, 여기 출신이 아니세요?" 그제야 난, 원장에게 날 데려가기 전에, 관리인이 엄마 얘길 했었던 게 생각났다. 특히나 이 고장에선, 평지 날씨가 무덥기에, 서둘러 장례를 치러야 한다고 했었다. 그때, 관리인은 빠리에 살았었고, 그걸 잊기가 힘들다고 내게 알렸었다. 빠리에선 고인과 사흘, 때론 나흘 동안 같이하는데, 여기선 시간이 없어서, 벌써부터 영구찰 쫓아가야 한다는 생각에 익숙지 못하다고 했다. 그때, 관리인의 아내가 말했다. "그만 떠들어요. 이분께 할 말이 아니에요." 관리인은 얼굴을 붉히며 미안해했다. 내가 참견했다. "아뇨, 아뇨." 내가 보기엔, 관리인의 이야기가 타당하고 재밌었다.

그 자그만 영안실에서, 관리인은 극빈자 자격으로 양로원에 들어왔다고 내게 알려 줬다. 사지가 멀쩡하다고 여겼으므로, 그는 관리인 자릴 맡겠다고 나섰다. 난 그에게 어쨌거나 원생이라고 지적했다. 그는 아니라고 했다. 원생들을 가리켜 "그들", "남들", 그리고 아주 드물겐 "늙은이들"이라 부르는 말본새에, 난 이미 놀랐었다. 몇몇 원생들은 자기보다 어린데도 말이다. 물론 당연히 같은 건 아니었다. 그는 관리인이었고, 어느 정도 원생들을 통제할 권리가 있었다.

그때, 간호사가 들어왔다. 순식간에 저녁이 되었다. 천장 유리 위로, 금세 어둠이 짙어졌다. 관리인이 스위치 돌리자, 느닷없이 불빛이 터져서, 난 눈앞이 캄캄했다. 관리인은 내게 구내식당에 가서 저녁 식사 하라고 권했다. 하지만 난 시장하지 않았다. 그러자 관리인은 까페오래 한 잔을 갖다 주겠다고 제안했다. 난 까페오랠 무척이나 좋아해서 수락했고, 잠시 후, 관리인이 쟁반을 들고 돌아왔다. 난 까페오랠 마셨다. 그러자 담배를 피우고 싶었다. 하지만, 엄마 앞에서 그래도 되는 질 몰라서 망설였다. 여러모로 생각해 보니, 전혀 문제될 게 없었다. 내가 관리인에게 한 델 권했고, 우린 담밸 피웠다.

어느 순간, 관리인이 내게 말했다. "알고 계시죠? 어머님의 친구들도 밤샘하러 올 겁니다. 관례예요. 의자와 블랙커필 가지러 가야겠습니다." 난 관리인에게 전등 하날 끌 수 없는지 물었다. 하얀 벽에 반사되는 불빛 때문에 피곤했다. 관리인은 그럴 수 없다고 했다. 시설이 그렇게 돼 있었다. 다 켜든지, 아니면 하나도 안 켜든지. 그 뒤로 난, 그에게 별로 신경 쓰지 않았다. 그는 나갔다가 돌아와서 의자들을 배치했다. 의자 하나 위에 커피포틀 놓고, 그 주위에다 잔들을 차곡차곡 쌓았다. 그러고선, 엄마 건너편에 나와 마주하고 앉았다. 간호사도 등을 돌린 채 안쪽에 앉아 있었다. 그녀가 무엇을 하는지 보이진 않았다. 하지만, 팔 동작으로 봐서, 뜨개질하는 거라고 짐작할 수 있었다. 실내는 포근했고, 난 커필 마셔서 훈훈했고, 열린 문을 통해 밤 내음과 꽃 내음이 들어오고 있었다. 난 약간 졸았던 거 같다.

뭔가 살짝 스치는 소리에 잠이 깼다. 눈을 감고 있던 나머지, 영안실은 눈이 시릴 만큼 더욱더 새하얀 듯했다. 눈앞엔 어둠 한 점 없었다. 사물 하나하나, 모서리 하나하나 그리고 온갖 굽이들이 두 눈이 에

일 만큼 선명했다. 바로 그때, 엄마 친구들이 들어왔다. 모두 합쳐 십여 명이 눈이 부신 불빛 속으로 소리 없이 슬그머니 들어왔다. 그러곤, 의자 끄는 소리조차 하나도 내지 않고 앉았다. 난 사람 꼴을 본 적이 없는 듯이 쳐다봤고, 얼굴이나 옷차림의 어느 한구석도 놓치지 않았다. 하지만 말소리가 들리지 않아서, 그들이 실제로 내 앞에 있는 건진 좀처럼 믿기지 않았다. 할머니들 거의 전부 앞치말 두르고 있었는데, 허리춤을 조인 끈 때문에, 볼록한 배가 더욱 불거졌다. 난, 여태까지 한 번도, 할머니들의 아랫배가 얼마나 볼록할 수 있는질 눈여겨본 적이 없었다. 할아버지들은 거의 모두가 비쩍 말랐고, 지팡일 붙잡고 있었다. 그들의 얼굴을 보며 난 깜짝 놀랐는데, 두 눈은 보이지 않고, 단지 주름살 둥지 복판에 광채 없는 흐릿한 눈빛만 보여서였다. 게다가, 두 입술은 이빨 없는 입에 온통 먹혀 있었다. 자리에 앉자, 대부분은 나를 쳐다보며 힘겹게 고갤 끄덕였는데, 내게 인사하는 건지, 아니면 버릇인지 분간이 안 되었다. 난 인사한 거라고 여기고 싶다. 바로 그때 난, 그들 모두가 관리인을 중심으로 나와 마주하고 앉아서, 고개를 절레절레 흔들고 있음을 알아챘다. 한순간 난, 그들이 나를 심판하기 위해, 그 자리에 있다는 엉뚱한 느낌이 들었다.

잠시 후, 한 할머니가 울기 시작했다. 그 할머닌 둘째 줄에 앉아 있어서, 다른 할머니에 가려 잘 보이지 않았다. 할머닌 일정한 리듬으로 나지막이 흐느꼈다. 도무지 그칠 것 같지 않았다. 다른 사람들은 울음소리가 들리지 않는 듯한 표정이었다. 그들은 기력도 없고, 생기도 없고, 말도 없었다. 관이나 자기 지팡이, 아니면 아무거나 쳐다보고 있었는데, 오로지 그것만 쳐다보고 있었다. 그 할머닌 계속해서 흐느꼈다. 내가 모르는 할머니여서, 난 무척 놀랐다. 이제 더는 울음소리가 들리지 않았으면 했다. 하지만, 감히 말을 하진 못했다. 관리인이 할머니에게 몸을 숙여 속삭였는데, 할머닌 고개를 설레설레 저으며 무슨 말인가 중얼대더니, 계속해서 여전히 일정한 리듬으로 흐느꼈다. 그때, 관리인이 내 쪽으로 건너와 내 곁에 앉았다. 한참이 지나서야, 관리인이 내게 알렸는데, 날 쳐다보지도 않고서 말했다. "저 할머닌 모친과 아주 가까운 사이였어요. 이곳에서 유일한 친구였는데, 이젠 아무도 없다고 하네요."

우린 한참 동안 그렇게 있었다. 할머니의 한숨과 흐느낌이 상당히 뜸해졌다. 할머닌 코를 몹시 훌쩍거렸다. 마침내, 할머니가 잠잠해졌다. 난 이제 졸리진 않았지만, 피곤하고 허리가 욱신거렸다. 이젠, 이 사람들 모두의 침묵이 견딜 수 없었다. 단지 이따금, 이상한 소리가 들렸는데, 그게 뭔진 분간할 수 없었다. 끝내 난, 노인네 몇몇이 뺨 안쪽을 쪽쪽 빨면서, 혀를 차며 내는 이상한 소리라고 짐작했다. 그들은 그걸 알아채지 못할 만큼 생각에 잠겨 있었다. 심지어 난, 그들 가운데 누워 있는 고인이 그들에겐 아무런 의미가 없는 듯한 느낌이 들었다. 하지만 지금 보면, 그건 근거 없는 느낌이었다.

우리 모두 관리인이 따라 준 커피를 마셨다. 그 이후론 모르겠다. 밤이 지났다. 기억나는 건, 어느 순간 내가 눈을 뜨고서, 몸을 구부린 채 잠든 노인네들의 모습을 본 거다. 한 할아버지만이 깨어 있었는데, 지팡일 꼭 부여잡은 두 손등에다 턱을 괴고선, 마치 내가 깨기만을 기다렸다는 듯, 나를 뚫어지게 쳐다보고 있었다. 이어서 난 다시 잤다. 허리가 점점 더 쑤셔서, 잠이 깼다. 햇빛이 천장 유리 위로 미끄러져 내리고 있었다. 잠시 후, 한 할아버지가 깨더니, 기침을 몹시 했다. 할아버진 큼지막한 격자무늬 손수건에 가래를 뱉었는데, 가랠 내뱉을 때마다, 미어지는 슬픔을 토해 내는 듯했다. 그 할아버지가 다른 사람들을 깨웠고, 관리인은 그들에게 자릴 떠야 한다고 말했다. 그들은 자리에서 일어났다. 편치 않은 밤샘으로 인해, 그들의 얼굴은 잿빛이 되었다. 그들 모두가 빈소를 나서면서 내게 악술 청해서, 난 깜짝 놀랐다. 마치, 지난밤에 한마디도 주고받지 않았음에도, 우리 사이가 상당히 친밀해졌다는 듯이.

난 피곤했다. 관리인이 나를 자기 거처로 안내했고, 난 대충 씻었다. 다시 까페오랠 마셨는데, 아주 맛있었다. 밖으로 나왔을 때, 날은 완전히 밝아 있었다. 마랭고와 바다를 가르는 언덕 위론, 하늘이 온통 붉게 물들어 있었다. 그리고 언덕 위로 지나는 바람에 소금 냄새가 여기까지 실려 왔다. 쾌청한 하루가 시작될 참이었다. 들판에 나가 본 지 오래돼서, 엄마가 아니었다면, 들판을 산책하며 만끽할 즐거움이 어떨지 느껴졌다.

난 마당의 플라타너스 아래서 기다렸다. 풋풋한 땅 내음을 들이마셨고, 이젠 졸리지도 않았다. 사무실 동료들 생각이 났다. 이 시간이면, 출근하려고 잠자리에서 일어날 시간이었다. 내겐 늘 가장 힘든 시간이었다. 난 여전히 그런 생각에 살짝 빠져 있었는데, 건물 안에서 울리는 종소리에 산란해졌다. 창문 뒤로 요란하더니, 이내 온통 잠잠해졌다. 해는 하늘 위로 조금 더 치솟아 있었다. 햇볕에 두 발이 달궈지기 시작했다. 관리인이 마당을 가로질러 가다가, 원장이 날 찾는다고 내게 말했다. 난 원장실로 갔다. 원장은 내게 몇 가지 서류에 서명하라고 했다. 원장이 줄무늬 바지에다 검은 옷을 입은 게 눈에 띄었다. 원장은 전화길 들더니, 날 불렀다. "장의사 직원들이 진작부터 와 있네. 직원들에게 관을 닫으러 가라고 할 참이야. 그 전에 마지막으로 어머님을 보겠나?" 난 아니라고 했다. 원장은 전화기에 대고 소곤소곤 지시했다. "피작, 닫아도 된다고 하게."

이어서, 원장은 자기도 장례식에 참석할 거라고 말했고, 난 고맙다고 인사했다. 원장은 짧은 두 다릴 꼬고 책상 뒤에 앉아 있었다. 원장은 장례식엔 나와 자기 그리고 당직 간호사만 참석할 거라고 내게 일러 줬다. 원칙상, 원생들은 장례식에 참석하지 못하게 돼 있었다. 단, 밤샘은 허용됐다. 원장은 "인간적인 문제네"라고 지적했다. 하지만 이번엔, 엄마의 오랜 남자 친구에게 장례 행렬을 따라가도 좋다고 허락했다. "또마 뻬레즈 영감이네." 여기서 원장은 웃었다. 그러곤 내게 말했다. "이해할 테지만, 약간은 유치한 감정이지. 그렇지만, 영감과 자네 모친은 한시도 떨어지질 않았어. 양로원 식구들이 두 노인넬 놀리곤 했는데, 뻬레즈 영감에게 '자네 약혼자구먼'이라고 말하곤 했지. 영감은 싱긋 웃곤 했네. 그 말에 두 노인넨 즐거워했거든. 아무튼, 뫼르쏘 부인의 죽음으로 인해, 영감이 심한 충격을 받은 건 사실이네. 난 영감에게 허락하지 말아야 한다곤 생각지 않았네. 하지만, 왕진 의사의 충고에 따라, 어제 밤샘은 못하게 했지."

한참 동안, 우린 말이 없었다. 원장이 자리에서 일어나더니, 사무실 창밖을 내다봤다. 어느 순간, 원장이 혼잣말했다. "저기, 마랭고 교구 사제가 벌써 와 있네. 일찍 왔군." 마을 안에 있는 성당에 가려면, 적어도 사십오 분은 걸어야 한다고, 원장은 내게 미리 귀띔했다. 우린 원장실에서 내려왔다. 건물 앞엔, 사제와 복사 아이 둘이 있었다. 복사 아이 하나가 향로를 들고 있었는데, 신부는 아이에게로 몸을 구부려서 은사슬의 길이를 조정하고 있었다. 우리가 다가가자, 신부는 다시 몸을 일으켰다. 신부는 나를 "내 아들"이라 부르며 내게 몇 마디 했다. 신부가 안으로 들어가자, 나도 따라 들어갔다.

관 뚜껑의 나사들이 깊이 박혔고, 영안실엔 검정 복장 네 사람이 있는 게 한눈에 들어왔다. 영구차가 길에서 대기하고 있다는 원장의 말과 동시에, 신부가 기도를 시작하는 소리가 들렸다. 그때부터, 만사가 일사천리로 진행되었다. 검은 옷 네 사람이 관보를 들고 관 쪽으로 나아갔다. 신부, 복사 아이들, 원장 그리고 나도 밖으로 나왔다. 문 앞엔, 내가 모르는 부인이 있었다. 원장이 말했다. "뫼르쏘 씨네." 난 그 부인의 이름을 알아듣진 못했지만, 파견 간호사란 건 눈치챘다. 그녀는 앙상하고 홀쭉한 얼굴을 웃음기도 없이 살짝 숙였다. 이어서 우린 관이 지나가도록 비켜섰다. 우린 운구인들을 따라 양로원에서 나왔다. 정문 앞엔 영구마차가 있었다. 니스 칠로 윤이 나는 길쭉한 마차는 필통을 연상케 했다. 마차 옆엔, 우스운 옷차림의 땅딸막한 장례식 집사와 꿔다 놓은 보릿자루 행색의 노인이 있었다. 난 그 노인이 뻬레즈 영감임을 직감했다. 영감은 테가 넓고 통이 둥근 몰랑한 중절모를 쓰고 있었는데, 관이 문을 지날 땐 모잘 벗었고, 양복바진 구두 위에 돌돌 말려 있었고, 하얀색 넓은 깃의 셔츠엔 너무 작은 검정 나비 넥타일 매고 있었다. 영감의 두 입술은 검버섯투성이 코 밑에서 부르르 떨고 있었다. 꽤나 가는 백발 사이로 귀가 삐져나와 있었는데, 귓바퀸 잘못 접힌 데다 너덜너덜해서 기이했고, 얼굴은 해쓱한데, 귀는 붉은 핏빛이어서 가관이었다. 집사가 우리 자릴 정해 줬다. 사제가 선두에서 걷고, 이어서 영구마차였다. 마차 양편엔 검정 옷 네 사람, 그 뒤로 원장, 나, 그리고 대열 끝에, 파견 간호사와 뻬레즈 영감이었다.

하늘은 벌써 태양으로 가득했다. 태양이 대지를 짓누르기 시작했고, 열기가 빠르게 달아올랐다. 길을 나서기 전에, 왜 한참을 기다렸는진 모르겠다. 난 거무튀튀한 옷을 입고 있어서 더웠다. 모자를 다시 썼던 뻬레즈 영감은 다시 모잘 벗었다. 난 영감 쪽으로 살짝 몸을 돌려 영감을 쳐다보고 있었는데, 그때 원장이 영감 애길 했다. 원장 말에 따르면, 종종 저녁때, 어머니와 뻬레즈 영감은 간호사와 함께 마을까지 가서 산책하곤 했다. 난 주위의 들판을 둘러봤다. 하늘에 거의 맞닿은 언덕으로 이어지는 편백나무 능선 사이로, 적갈색과 초록색의 대지와 윤곽이 뚜렷한 몇몇 외딴집들을 보자, 난 엄마가 이해됐다. 이 고장의 저녁나절은 우수가 잠시 머무는 때인 듯했다. 오늘은, 작열하는 태양에 떨고 있는 풍광이 무정하고 나른했다.

　우린 걷기 시작했다. 그제야 난, 뻬레즈 영감이 살짝 다릴 전다는 사실을 알았다. 마차가 점차 속도를 내자, 영감은 뒤처졌다. 마차 양편의 네 사람 중 하나 역시 뒤처져서, 이젠 나와 나란히 걷고 있었다. 해가 금세 중천에 떠올라, 난 놀랐다. 이미 진작부터 들판은 곤충들의 울음과 풀잎 소리로 윙윙대고 있음을 알았다. 땀방울이 내 두 뺨 위로 흘러내렸다. 모잘 쓰지 않아서, 난 손수건으로 부채질했다. 그때, 장의사 직원이 내게 무슨 말인가 했지만, 난 알아듣지 못했다. 동시에, 그는 오른손으로 모자 차양을 들어 올려, 왼손에 들고 있던 손수건으로 머릴 훔쳤다. 내가 물었다. "뭐라구요?" 직원은 하늘을 가리키며 재차 말했다. "쨍쨍 내리쬔다고요." 내가 말했다. "예, 그러네요." 잠시 후, 그가 내게 물었다. "어머님이신가요?" 난 다시 "예"라고 답했다. "연세가 많으셨나요?" 난 "그런 셈이죠"라고 대답했다. 정확한 나일 몰라서였다. 그 후로, 그는 입을 다물었다. 난 뒤를 돌아봤다. 우리보다 오십여 미터 뒤처진 뻬레즈 영감이 보였다. 영감은 손끝의 중절몰 흔들며 허둥대고 있었다. 난 원장도 쳐다봤다. 원장은 불필요한 동작이라곤 하나도 없이, 무척 근엄하게 걷고 있었다. 이마에 땀방울이 맺혀 있었지만, 원장은 닦아 내지 않았다.

운구 행렬이 조금 더 빨라진 듯했다. 사방은 여전히 태양을 한가득 머금은 들판이 한결같이 반짝이고 있었다. 하늘의 햇살이 감당할 수 없을 지경이었다. 어느 순간 우린, 최근에 재포장한 도로 부분을 지나갔다. 태양에 역청이 녹아내려 있었다. 거기에 두 발이 빠지자, 거머번질한 역청의 속살이 벌어졌다. 마차 위로 보이는 마부의 가죽 모자가 이 검은 진창에서 무두질된 듯했다. 벌어진 역청의 끈끈한 검은색, 사람들 복장의 빛바랜 검은색, 마차의 번들한 검은색. 이 단조로운 검은색과 희고 파란 하늘 사이에서, 난 약간 멍했다. 태양, 가죽 냄새, 마차의 말똥 냄새, 니스 냄새, 향 냄새, 밤잠을 설친 피곤, 이런 것들 전부 땜에, 내 시선과 내 생각이 혼미했다. 난 다시 한 번 뒤를 돌아봤다. 아지랑이 열기에 파묻힌 뻬레즈 영감이 까마득히 보이다가, 내 시야에서 사라졌다. 난 눈이 빠져라 영감을 찾았는데, 도로를 벗어나 들판을 질러가는 영감이 보였다. 나 또한 전방의 굽잇길을 확인했다. 그래서 난, 이 고장에 도통한 뻬레즈 영감이 지름길을 택해서 우릴 따라잡으려 한다고 눈치챘다. 굽어지는 길목에서 영감은 우리와 합류했다. 그러곤, 우리 시야에서 사라졌다. 영감은 다시 들판을 가로질렀고, 그렇게 여러 차례 거푸했다. 나, 난 관자놀이서 피가 요동치는 게 느껴졌다.

그 뒤론, 매사가 너무나도 황급하게, 너무나도 순조롭게, 너무나도 자연스레 진행돼서, 기억이 하나도 나지 않는다. 단 한 가지 기억나는 건, 마을 어귀에서 간호사가 내게 한 말이다. 그녀의 목소린 얼굴에 어울리지 않게도 특이했는데, 떨리면서도 감미로운 목소리였다. 그녀가 내게 말했다. "천천히 가면, 일사병에 걸릴 수 있어요. 하지만, 너무 빨리 가면, 땀에 흠뻑 젖거든요. 그러곤 교회 안에선 오한이 나지요.” 간호사 말이 옳았다. 빠져나갈 구멍이 없었다. 또한, 그날의 몇 가지 모습들은 아직도 내 기억에 남아 있다. 일테면, 마지막으로 뻬레즈 영감이 마을 부근에서 우리와 합류했을 때의 얼굴이다. 들뜨고 고단한 나머지, 영감의 두 뺨엔 닭똥 같은 눈물이 줄줄 흐르고 있었다. 하지만, 주름살 때문에 눈물방울은 흘러내리지 않았다. 눈물방울들이 번져 나가다가 다시 합류하면서, 일그러진 얼굴 위에서 물 광택을 내고 있었다. 또 다른 것들도 있다. 교회, 보도 위의 마을 주민들, 묘지의 무덤에 있던 붉은색 제라늄, 뻬레즈 영감의 실신(망가진 꼭두각시라고나 할까), 엄마의 관 위에 구르던 핏빛의 흙, 그 흙에 섞여 있던 뿌리의 하얀 살, 또다시 사람들, 목소리들, 마을, 어느 까페 앞에서의 기다림, 끊임없이 부릉대던 엔진 소리, 그리고 버스가 알제의 불빛 둥지 안으로 들어서자, 이제 가서 잠자리에 들어, 열두 시간 동안 자리라고 생각했을 때의 나의 기쁨.

II

잠에서 깨면서, 이틀간의 휴가를 신청했을 때, 왜 사장이 못마땅한 표정을 지었는지, 난 깨달았다. 오늘은 토요일이다. 말하자면, 난 미처 생각지 못했었다. 하지만, 일어나면서 생각이 났다. 너무나 당연히도, 사장은 내가 일요일을 포함해서 나흘간의 휴갈 얻는 걸로 생각했고, 그게 맘에 들 수 없었다. 하지만 한편으로 보면, 오늘이 아니라 어제 엄마의 장례를 치른 건 내 잘못이 아니었고, 다른 한편으론, 어쨌거나 난 토요일과 일요일을 찾아 먹을 터였다. 물론 그렇다고 해서, 사장이 이해되지 않는 건 아니었다.

어제 하루가 피곤했기에, 난 잠자리에서 일어나기가 힘들었다. 면도하면서, 뭘 할까 고민하다가, 수영하러 가기로 작정했다. 전찰 타고 포구의 수영장으로 갔다. 난 물길 속으로 뛰어들었다. 청년들이 많았다. 물속에서 마리 까르도나를 만났는데, 예전에 우리 사무실에서 타자수로 근무했었다. 그 당시 난, 그녀와 자고 싶은 마음이 있었다. 내 짐작엔, 마리도 마찬가지였다. 그런데 얼마 후 마리가 떠나는 바람에, 우린 그럴 시간이 없었다. 난 마리가 부낭 위에 오르도록 도와줬고, 그러다 보니, 그녀의 젖가슴을 살짝 스치게 됐다. 난 여전히 물속에 있었는데, 마린 벌써 부낭 위에 배를 깔고 누웠다. 마리가 내게로 고개를 돌렸다. 머리칼에 눈이 가리자, 마린 깔깔댔다. 나도 부낭 위에 올라, 마리 곁에 누웠다. 기분이 좋았다. 장난삼아, 머릴 뒤로 젖혀서 마리의 배위에다 걸쳤다. 마리가 아무 말도 하지 않아서, 난 그대로 있었다. 두눈에 하늘이 한가득 들어왔고, 하늘은 파랗고 노랬다. 목덜미 아래서 부드럽게 폴짝대는 마리의 배통이 느껴졌다. 우린 반쯤 잠든 채로, 오랫동안 부낭 위에 있었다. 해가 너무 뜨거워지자, 마리가 물속으로 뛰어들었고, 나도 따라 뛰어들었다. 난 마릴 따라잡고서, 한 손으로 그녀의 허릴 두른 채 함께 헤엄쳤다. 마린 내내 싱글댔다. 물에서 나와 몸을 말리던 중, 마리가 내게 말했다. "내가 더 탔네요." 난 마리에게 저녁때 영화 보러 가겠냐고 물었다. 마리가 다시 깔깔 웃더니, 페르낭델이 나온 영활 보고 싶다고 했다. 옷을 다 입었을 때, 마린 검은 넥타일 맨나를 보고서, 깜짝 놀라 상중이냐고 물었다. 난 엄마가 죽었다고 말했다. 마리가 언제부터 상중인지 알고 싶어 해서, 난 "어제부터"라고 했다. 마린 약간 멈칫하긴 했지만, 아무런 타박도 하지 않았다. 난 내 잘못이 아니라고 말하고 싶었지만, 이미 사장한테 했던 말임이 생각나서 그만뒀다. 그건 아무런 의미가 없었다. 어쨌거나, 누구든지 늘 조금은 잘못이 있는 법이다.

저녁때, 마린 전부 잊어버렸다. 영화는 이따금 웃기기도 했지만, 정말이지 너무나도 젬병이었다. 마리가 다릴 내 다리에다 포갰다. 난 마리의 젖가슴을 어루만졌다. 영화가 끝날 즈음, 마리에게 뽀뽀했는데, 어줍었다. 극장을 나와서, 마린 우리 집으로 왔다.

잠에서 깼을 때, 마린 떠나고 없었다. 마린 숙모 집에 가야 한다고 말했었다. 일요일이란 생각이 들자 따분했다. 난 일요일이 싫다. 그래서 난, 다시 침대로 돌아가서, 마리의 머리칼이 남긴 소금 냄샐 베개에서 찾다가, 열 시까지 잤다. 그러곤 점심때까지, 여전히 드러누운 채로, 담배 여러 댈 피웠다. 난 평소처럼 쎌레스트네 식당에서 점심을 먹고 싶지 않았다. 분명, 사람들이 이런저런 질문을 할 게 뻔해서였다. 난 그게 싫다. 난 달걀 여러 갤 부쳐서, 빵도 없이 접시째로 먹었다. 빵이 없었지만, 사러 내려가기가 귀찮아서였다.

점심을 먹고 나자, 조금 심심해서 아파트 안을 서성였다. 엄마가 있었을 땐 적당했다. 지금은 너무 커서, 식탁을 내 방에 옮겨 놔야 했다. 난 내 방에서만 생활한다. 가운데가 살짝 패인 짚 의자들, 노래진 거울이 달린 장롱, 화장대 그리고 구리 침대 사이에서 말이다. 그 나머진 방치되어 있다. 시간이 조금 더 지나자, 난 뭔갈 하려고 오래된 신문을 집어서 읽었다. 신문지서 크뤼셴 소금 광골 오려 내어, 신문에서 흥밋거리들을 모아 두는 빛바랜 공책에다 풀로 붙였다. 난 손을 씻고 나서, 마침내 발코니로 나갔다.

내 방은 교외의 간선도로로 쪽으로 나 있다. 오후 날씬 화창했다. 하지만 도로는 미끄러웠고, 드문 행인들은 바삐 지나갔다. 처음엔, 산책 나선 가족들이었다. 수병 복장의 아들아이 둘은 반바지가 무릎 아래로 흘러내려 거북한 옷차림에 약간 옭매였고, 딸아이 하나는 큼지막한 장밋빛 리본에다 까만 반짝 구둘 신고 있었다. 아이들 뒤에는, 밤색 실크 원피스 차림의 뚱뚱보 어머니와 아버지가 있었는데, 내 눈에 익은 아버진 키가 작고 아주 가냘팠다. 그는 뱃사공 모자에다 나비넥타일 매고, 한 손엔 지팡일 들고 있었다. 아내와 함께 있는 그 남잘 보면서, 동네 사람들이 왜 고상한 신사라고 하는지 이해가 갔다. 시간이 조금 더 지나자, 번지르르한 머리와 빨간 넥타이에다, 허리가 쏙 들어간 상의에 자수 뽀셰틀 꽂고, 코가 네모난 구두를 신은 동네 청년들이 지나갔다. 난 그들이 중심가 극장에 간다고 생각했다. 그러기에, 이처럼 이른 시간에 나서서, 왁자지껄 웃어 대며, 전차를 향해 서둘러 가는 거였다.

그들이 지나가고 나자, 거린 점차 한산해졌다. 난 여기저기서 구경거리가 시작됐다고 짐작했다. 이제 거리엔 상점들과 고양이들밖에 없었다. 하늘은 청명했지만, 거리에 늘어선 무화과나무 위로, 햇살이 눈부시진 않았다. 맞은편 보도 위엔, 담배 가게 주인이 의잘 꺼내 문 앞에 놓더니, 두 팔을 등받이에 기대고 기마 자세로 걸터앉았다. 조금 전만 해도 만원이던 전차는 거의 비어 있었다. 담배 가게 바로 옆의 조그만 까페 "삐에로네"에선, 종업원이 텅 빈 홀을 톱밥으로 쓸어 내고 있었다. 진짜 일요일이었다.

난 의잘 돌려서 담배 가게 아저씨 의자처럼 놓았는데, 그게 훨씬 더 편하다고 여겨서였다. 난 담배 두 댈 피웠고, 초콜릿 쪼가릴 집으러 들어갔다 다시 나와 창가에서 먹었다. 잠시 후 하늘이 우중충해지자, 난 여름 소나기가 한줄기 쏟아질 거라고 짐작했다. 그런데 하늘이 점차 걷혔다. 하지만, 구름이 지나가면서 빗줄기라도 예고하듯이, 거리가 더욱 어둑어둑해졌다. 난 계속해서 오랫동안 하늘을 쳐다봤다.

다섯 시가 되자, 전차가 요란하게 도착했다. 전찬 교외 경기장에서 관중 무릴 실어 왔는데, 발판과 난간까지 매달려 있었다. 다음 전차는 선수들을 실어 왔고, 난 그들의 작은 가방을 보고 알아봤다. 그들은 고래고래 소리 질렀고, 자기네 클럽은 사라지지 않을 거라고 목청껏 노래했다. 선수들 여럿이 나한테 손짓했다. 심지어, 한 선순 내게 "우리가 이겼어"라고 외치기까지 했다. 난 고갤 끄덕이며 "그래 알았어"라고 화답했다. 바로 그때부터, 자동차들이 몰려들기 시작했다.

　시간이 조금 더 흘렀다. 지붕 위로 하늘이 붉게 물들었고, 초저녁이 되자, 거리에 생기가 돌았다. 산책 갔던 사람들이 조금씩 돌아오고 있었다. 난 사람들 틈에 낀 그 고상한 신사를 알아봤다. 우는 아이들도 있었고, 질질 끌려가는 아이들도 있었다. 곧이어, 동네 극장들이 관객들을 무리째 거리로 쏟아 냈다. 그들 가운데 청년들은 평소보다 훨씬 더 결연한 태도여서, 난 모험영활 봤다고 짐작했다. 시내 극장에서 돌아오는 사람들은 조금 더 나중에 도착했다. 그들은 더 엄숙해 보였다. 여전히 웃음 짓는 이들도 있었지만, 지치고 몽상에 빠진 듯한 이들도 간혹 있었다. 거리에 남아, 맞은편 보도 위를 서성이는 이들도 있었다. 민머리 동네 처녀들은 서로 팔짱을 끼고 있었다. 처녀들이 마주쳐 지나가자, 청년들은 비켜서서 희롱했고, 처녀들은 고갤 돌려 깔깔댔다. 처녀들 가운데 내가 아는 몇몇은 내게 손짓했다.

　그때 느닷없이, 거리의 가로등들이 켜졌고, 가로등 불빛 때문에, 어둠 속에서 솟아나던 초저녁 별들이 희미해졌다. 사람들과 불빛으로 가득한 보도를 쳐다보느라 눈의 피로가 느껴졌다. 축축한 도로가 가로등 불빛에 번질거렸고, 일정한 간격으로 지나가는 전차는 반짝이는 머릿결이나 웃음 띤 얼굴이나 은팔찌에 그림자를 드리우곤 했다. 얼마 후, 전차가 뜸해지더니, 가로수와 가로등 위론 벌써 까만 밤이 내려 있었고, 동네가 어느새 한산해졌고, 마침내 고양이가 나타나서 다시 텅 빈 거릴 느릿느릿 가로질렀다. 그때, 저녁을 먹어야 한다는 생각이 났다. 의자 등받이에 오랫동안 기댔던 나머지, 목덜미가 약간 뻐근했다. 난 빵과 파스탈 사러 내려갔다 와선, 요리한 뒤 선 채로 먹었다. 창가에서 담배 한 댈 피우고 싶었지만, 공기가 싸늘해서 약간 오싹했다. 창문을 닫고 돌아오다가, 거울에 비친 식탁 한쪽 끝이 눈에 들어왔는데, 알콜 램프와 빵 조각이 나란히 놓여 있었다. 난 여전히 판박이 일요일이라고, 이제 엄마의 장례를 치렀으니, 다시 출근해야 할 거라고, 그리고 요컨대, 달라진 건 하나도 없다고 생각했다.

III

오늘, 난 사무실에서 일을 많이 했다. 사장은 다정했다. 너무 피곤하진 않은지 물었고, 엄마의 나이도 알고 싶어 했다. 난 틀리지 않으려고 "육십대"라고 했다. 왜 사장이 한시름 던 표정을 지었는지, 왜 끝난 일로 여기는 표정이었는지, 난 모르겠다.

내 책상 위엔, 송장들이 한 무더기 쌓여 있어서, 모조리 일일이 들춰 봐야 했다. 점심을 먹으러 사무실을 나서기 전, 난 손을 씻었다. 점심때, 난 이 순간을 정말 좋아한다. 저녁땐, 손을 닦는 게 그다지 즐겁지 않다. 사람들이 두루마리 수건을 온종일 사용해서 흠뻑 젖어 있기 때문이다. 언젠가, 난 사장에게 이에 대해 지적한 바 있다. 사장은 유감스럽게 생각하긴 하지만, 그래도 대수롭지 않은 사소한 문제라고 받아넘겼다. 난 조금 늦게, 열두 시 반에, 발송부에 근무하는 에마뉘엘과 함께 사무실을 나섰다. 사무실이 바다 쪽으로 나 있어서, 태양이 이글거리는 항구의 화물선들을 바라보느라, 우린 잠시 지체했다. 그때, 화물차 한 대가 엔진과 변속기의 굉음을 내며 도착했다. 에마뉘엘이 "잡아탈까?"라고 묻자, 난 달리기 시작했다. 화물차가 우릴 지나쳤고, 우린 추적에 나섰다. 난 소음과 먼지에 파묻혔다. 내 눈엔 아무것도 보이지 않았고, 권양기와 기계들, 수평선에서 아른거리는 돛대들, 그리고 우리 옆으로 줄지은 선박들 틈에서, 난 무턱대고 달리고픈 충동밖에 느끼지 못했다. 내가 먼저 잡고 껑충 뛰어올랐다. 그러곤, 에마뉘엘이 앉도록 도와줬다. 우린 숨이 찼고, 화물찬 먼지와 태양을 헤치며, 부둣가의 울퉁불퉁한 도로 위에서 덜컹거렸다. 에마뉘엘은 숨이 끊어져라 웃어 젖혔다.

우린 땀에 흠뻑 젖은 채로, 쎌레스트네 식당에 도착했다. 하얀 콧수염의 쎌레스트 불룩 나온 배에다 앞치마 두른 채 여전히 제자리에 있었다. 쎌레스트 "그래, 괜찮아?"라고 물었다. 난 괜찮다고 하면서, 배가 고프다고 했다. 난 허둥지둥 먹고 나서, 커필 마셨다. 그리곤, 집에 와서 낮잠을 약간 잤는데, 포도줄 과하게 마신 탓이었다. 잠에서 깨자, 담밸 피우고 싶었다. 시간이 늦어져서, 난 뛰어가서 전찰 잡아탔다. 오후 내내 일을 했다. 사무실은 몹시 더웠다. 저녁때, 사무실을 나와 부둣갈 따라 천천히 걸어 집으로 돌아오면서, 난 행복했다. 하늘은 초록빛이었고, 난 만족감을 느꼈다. 그래도 난, 곧장 집으로 돌아왔다. 삶은 감자 요릴 해 먹고 싶어서였다.

어두컴컴한 계단을 오르다가, 층계참 이웃인 쌀라마노 영감과 부딪쳤다. 영감은 개와 함께 있었다. 둘이 함께 있는 모습을 보는 게 팔년째다. 스패니얼은 피부병을 앓고 있었는데, 내 짐작엔 습진이었다. 습진 때문에 털이 거의 다 빠져서, 온통 거뭇거뭇한 딱지와 반점투성이였다. 개와 함께 조그만 방에서 단둘이 살다 보니, 쌀라마노 영감은 갤 닮고야 말았다. 영감의 얼굴엔 불그스레한 딱지들이 있고, 수염은 누렇고 듬성듬성했다. 한편, 개는 주인의 구부정한 자셀 닮아서, 주둥이와 모가질 삐죽이 내밀고 있었다. 둘이 같은 족속인 듯한데, 둘은 서로 너무나 싫어한다. 하루에 두 번, 열한 시와 여섯 시에, 영감은 걜 데리고 산책한다. 팔 년 동안, 산책 코스는 변함없었다. 리용로를 따라 둘이 걷는 게 보이는데, 쌀라마노 영감이 잡아당길 때까지, 개가 사람을 끌고 간다. 그러면, 영감이 걜 두드려 패면서 욕질을 해 댄다. 갠 겁에 질려, 슬슬 기며 끌려간다. 이번엔, 영감이 걜 끌어당긴다. 개가 말을 듣지 않으면, 또다시 주인이 나서서, 다시 두드려 패고 욕설을 퍼붓는다. 그럴 땐, 둘 다 보도 위에 멈춰 서서, 개는 공포에 질린 눈빛으로, 사람은 증오에 불타는 눈빛으로, 서롤 노려본다. 날마다 그 꼴이다. 개가 오줌을 싸려고 하면, 영감이 그럴 시간을 주지 않고 걜 잡아당겨서, 갠 찔끔찔끔 오줌 방울들을 흘리며 끌려간다. 어쩌다 방 안에서 실례를 하기라도 하면, 그땐 다시 얻어터진다. 그런 게 팔 년째다. 쎌레스튼 늘 "참 딱하기도 하지"라고 말하지만, 실은 아무도 알 수 없다. 계단에서 쌀라마노 영감과 마주쳤을 때, 영감은 개한테 욕지거릴 해 대던 중이었다. 영감이 "개새끼! 우라질 놈!"이라고 하자, 갠 낑낑거렸다. 내가 "안녕하세요"라고 했지만, 영감은 계속해서 욕설을 퍼부었다. 그래서 난, 개가 무슨 짓을 했냐고 영감에게 물었다. 영감은 대답이 없었다. 영감은 단지 이렇게 대꾸할 뿐이었다. "개새끼! 우라질 놈!" 영감이 개한테 몸을 숙여, 목줄에서 무엇인가 손보는 중이어서, 난 짐작이 갔다. 난 더 크게 말했다. 그러자 영감은, 고개도 돌리지 않고서, 치미는 분노를 삼키기라도 하듯, 내게 대답했다. "저놈이 여태 살아 있단 말이야!" 그러곤, 네 발로 질질 끌려가며 낑낑대는 걜 잡아당기면서 자릴 떴다.

바로 그때, 두 번째 층계참 이웃이 들어왔다. 동네 사람들은 여자를 등쳐 먹고 사는 놈이라고들 한다. 하지만 직업을 물어보면, 그는 "창고지기"라고 대답한다. 동네 사람들은 대개 그를 무척 싫어한다. 하지만, 그는 종종 내게 말을 걸고, 때론 우리 집에 잠시 들르곤 하는데, 내가 말을 들어 주기 때문이다. 난 그의 말이 재밌다고 생각한다. 게다가, 그에게 말을 걸지 않을 하등의 이유도 없다. 그의 이름은 레이몽 쌩떼스다. 킨 꽤 작고, 어깨 떡 벌어진 데다, 콘 권투선수 코다. 옷차림은 늘 아주 단정하다. 그 역시 쌀라마노 애길 하면서 "참 딱하지 않아요?"라고 했다. 그는 저 꼴이 역겹지 않냐고 내게 물었고, 난 아니라고 대답했다.

우린 계단을 올랐고, 헤어지려는 참인데, 그가 말했다. "우리 집에 순대와 포도주가 있어요. 한 조각 같이할래요?" 굳이 요릴 하지 않아도 된다는 생각에 난 승낙했다. 그 역시 단칸방 살림인데, 주방엔 창이 없었다. 침대 위쪽엔, 흰색과 장미색 석고로 빚은 천사상이 있고, 챔피언 사진들과 두세 장의 여자 나체 사진도 붙어 있다. 방은 더러웠고, 침댄 너저분했다. 그는 먼저 석유 등잔을 켜고 나서, 주머니서 꽤나 더러운 붕대를 꺼내더니, 오른손에 감았다. 난 무슨 일이냐고 물었다. 그는 트집을 잡으려는 녀석과 한바탕 붙었다고 대답했다.

그가 말했다. "뫼르쏘 씨, 이해할 테지만, 내가 나쁜 놈이어서가 아니라, 성질이 불같아서요. 그 녀석이 말이죠, 이렇게 말하더라구요. '남자라면 전차에서 내려.' 내가 말했죠. '이거 봐. 잠자코 있어.' 그 녀석이 내가 남자가 아니라고 하더군요. 그래서 난 전차에서 내려서 말했죠. '그만해. 그게 나을 거야. 그러지 않으면, 본땔 보여 줄 거야.' 그 녀석이 '어떻게?'라고 대꾸하더라구요. 그래서 내가 한 방 날렸죠. 녀석이 뻗었어요. 난 말이죠, 그 녀석을 일으켜 주려던 참이었어요. 그런데, 녀석이 땅바닥에 누운 채로 발길질을 하는 거예요. 그러자 난, 무릎으로 한

방, 팔꿈치로 두 방 먹였죠. 녀석의 얼굴은 피범벅이 됐어요. 내가 이제 됐냐고 물었죠. 녀석은 '그래, 됐다'라고 받더군요."

그러는 동안 내내, 쌩떼스는 붕대를 손봤다. 난 침대 위에 앉아 있었다. 그가 말했다. "보다시피, 내가 시비를 건 게 아니에요. 그놈이 날 우습게 본 거죠." 그건 사실이었고, 난 인정했다. 그러자 그는, 바로 그 일 때문에 나한테 조언을 구하려 한다고, 내가 싸나이고 세상 물정에 밝아서 자길 도와줄 수 있을 거라고, 그러고 나면, 자긴 내 친구가 될 거라고 말했다. 내가 아무 말도 하지 않자, 그는 재차 자기 친구가 되고 싶은지 물었다. 난, 친구가 되든 말든, 이래도 저래도 내겐 마찬가지라고 했다. 그는 흡족한 표정이었다. 그는 순댈 꺼내 프라이팬에다 익히고 나서, 술잔, 접시, 포크와 나이프, 그리고 포도주 두 병을 늘어놓았다. 그러는 동안은 내내 말이 없었다. 우린 식탁에 앉았다. 식사하면서, 그가 자기 이야길 꺼냈다. 처음엔, 조금 머뭇거렸다. "논다니 한 년과 자게 됐는데요… 말하자면, 내 정부였죠." 그와 싸운 사낸 그 여자의 오라비였다. 그는 그 여잘 먹여 살렸다고 했다. 내가 아무런 반응이 없자, 곧바로 그는 동네 사람들이 무슨 말을 하는지 알고 있다며, 자기 양심은 떳떳하고 창고지기라고 덧붙였다.

그가 내게 말했다. "내 얘기로 돌아오자면, 농간질이 있다는 걸 알게 됐어요." 그는 그 여자에게 빠듯하게 먹고살 만큼만 돈을 줬다. 자신이 그 여자의 월세를 냈고, 식비로 하루에 이십 프랑을 줬다. "방세 삼백 프랑, 식비 육백 프랑, 이따금 스타킹 한 켤렐 사 주다 보면, 천 프랑이나 들었어요. 그 여잔 백수였어요. 그런데, 내가 주는 돈만으론 너무 빠듯해서, 살 수가 없대요. 그래서 내가 구박하곤 했죠. '왜 반나절이라도 일을 하지 않는 거야? 이 온갖 찌질한 것들에 대한 내 부담을 훨씬 덜어 주겠구먼. 이번 달엔 옷 한 벌 사 줬지, 하루에 이십 프랑 주지, 너 월세 내지, 그런데 넌 말이야, 넌 오후마다 친구들과 커피나 마시고 말이야. 넌 친구들에게 커피와 설탕을 대접하잖아. 난 말이지, 난 너한테 돈을 주고 말이야. 난 널 잘 대해 줬는데, 넌 그에 대한 보답이 개떡같잖아.' 그런데도, 그 여잔 백수로 빈둥거렸고, 늘 살 수 없다고 투덜댔어요. 그러다가, 농간질이 있다는 걸 알게 됐어요."

그가 얘기했다. 그 여자의 가방에서 복권 한 장을 발견했는데, 어떻게 샀는질 해명하지 못했다고 했다. 얼마 후, 그는 그녀의 집에서 팔찌 두 개가 저당 잡힌 증거인 전당포 전표를 발견했다. 그때까진 팔찌가 있다는 사실조차 몰랐다. "농간질이 있다는 걸 확실히 알게 됐어요. 그래서 그년을 차 버렸죠. 하지만 그 전에 두드려 팼죠. 그러곤, 그년의 꿍꿍일 까발렸죠. 그년이 원하는 건, 오로지 자기 그것으로 재미 보는 거라고요. 뫼르쏘 씨, 내가 왜 그년에게 이런 말을 했는지 이해하겠죠. '넌 내가 너한테 안겨 주는 행복을 사람들이 부러워하는 걸 몰라. 나중에 가서야, 네가 누린 행복을 절감하게 될 거야.'"

그는 피투성이가 되도록 그 여잘 흠씬 두들겨 팼다. 그전엔, 손찌검하지 않았었다. "굳이 말하자면, 살살 손 좀 보긴 했죠. 그년이 쬐끔 울부짖곤 했죠. 그럼 덧문을 닫고서, 늘 그렇듯이, 그렇게 끝장나곤 했죠. 그런데, 지금은 심각해요. 내 생각엔, 그년을 충분히 혼꾸멍내지 못했거든요."

그래서, 그 일 땜에 조언이 필요한 거라고 밝혔다. 그는 말을 멈추고서, 그을음 내던 등잔 심지를 조절했다. 나, 난 그의 말을 듣고만 있었다. 포도줄 한 병 훨씬 넘게 마셔서, 난 관자놀이가 후끈거렸다. 담배가 떨어져서, 난 레이몽의 담밸 피웠다. 마지막 전차들이 지나가면서,

변두리의 소음들을 이제 저 멀리 실어 가고 있었다. 레이몽이 말을 이었다. 난감한 건, "아직도 그년과의 홀레에 미련이 남아 있다"는 거였다. 하지만, 그는 그 여잘 혼꾸멍내고 싶었다. 처음엔, 호텔 방으로 유인해서, '풍기 단속 경찰'을 불러 한바탕 소동을 피우곤, 그 여자에게 매춘부 딱질 붙여 버리려 생각했었다. 이어서 그는 건달계에 있는 친구들에게 부탁했다. 친구들은 아무것도 찾아내지 못했다. 레이몽이 내게 주지시켰듯, 정말이지 건달계에 몸담을 만했다. 그는 그들에게 그렇게 말했고, 그들은 그 여자의 얼굴에다 "흉터를 내 버려"라고 제안했다. 하지만 그건 그가 원하는 게 아니었다. 그는 곰곰이 생각해 볼 참이었다. 그 전에, 그는 내게 뭔갈 부탁하고 싶었다. 게다가, 부탁하기 전에, 자기 이야기에 대해 내가 어떻게 생각하는지 알고 싶어 했다. 난 아무 생각도 없지만 재밌다고 대답했다. 그는 농간질이 있었다고 생각하는지 물었고, 내가 보기엔, 농간질이 있었던 게 분명한 듯했다. 그는 그년을 혼꾸멍내야 한다고 생각하는지, 그리고 자기 입장이라면 어떻게 하겠는지 물었고, 난 누구도 알 수 없는 일이라고 대답했다. 하지만 난, 그가 그 여잘 혼내고 싶은 마음은 이해가 갔다. 난 다시 포도줄 좀 마셨다. 그가 담배에 불을 붙이더니, 내게 속셈을 드러냈다. 그는 "그년을 차 버린다는 내용과 동시에, 그년이 후회할 만한 거릴 담은" 편질 쓰고 싶었다. 그러고선 나중에, 그 여자가 돌아오면, 잠자릴 같이하다가, "그게 끝나는 바로 그 순간", 얼굴에 침을 뱉고서 차 버릴 작정이었다. 내 생각엔, 결국 그렇게 되면, 그 여자가 혼쭐난 거였다. 그런데 그가 느끼기에, 자신은 쏙 들어맞는 편질 쓸 능력이 안 돼서, 편지 쓸 사람으로 날 생각했다고 털어놓았다. 내가 아무 말도 하지 않자, 지금 당장 편질 쓰는 게 곤란한지 물었고, 난 아니라고 대답했다.

그러자, 그는 포도주 한 잔을 마시고선 자리에서 일어났다. 그는 먹다 남은 식은 순대 쪼가리와 접시들을 옆으로 치웠다. 이어서 방수포 식탁보를 정성스레 닦아 냈다. 그러곤, 침대 탁자 서랍에서 격자무늬 종이 한 장과 노란 봉투 하나, 자그만 빨간색 나무 펜대와 네모난 보라색 잉크병을 꺼냈다. 그가 여자 이름을 말했을 때, 난 무어 여자임을 알았다. 난 편질 썼다. 조금은 되는대로 썼지만, 레이몽의 마음에 들게 하려 애썼다. 그러지 않을 이유가 없어서였다. 이어서 난 큰 소리로 편질 읽었다. 레이몽은 담밸 태우면서 고갤 끄덕이며 듣고 나더니, 다시 한 번 읽어 달라고 했다. 그는 너무나 흡족해했다. 그가 내게 말했다. "난 네가 세상 물정에 밝은 걸 잘 알고 있었지." 처음엔 그가 내게 반말하고 있음을 알아채지 못했다. 그가 "이제, 넌 진짜 친구야"라고 했을 때야, 비로소 난 깜짝 놀랐다. 그는 같은 말을 반복했고, 난 "그래"라고 했다. 그의 친구가 되건 말건 내겐 마찬가지였고, 그는 진정 그러고 싶은 듯했다. 그가 편질 봉했고, 우린 포도줄 다 마셨다. 이어서 우리는 한동안 묵묵히 담배를 피웠다. 밖은 온통 고요했고, 지나가던 자동차의 미끄러짐 소리가 들렸다. 내가 말했다. "늦었네." 레이몽도 같은 생각이었다. 그는 시간이 빨리 지나간다고 했고, 어찌 보면, 사실이었다. 난 졸렸지만, 자리에서 일어나기가 힘들었다. 내가 피곤한 표정을 지었던 건지, 그가 끈을 놔선 안 된다고 했다. 난 처음엔 무슨 말인지 알아듣지 못했다. 그때, 그가 엄마의 사망 소식을 들었다고 밝히면서, 조만간에 닥칠 일이었다고 덧붙였다. 나 역시 같은 생각이었다.

내가 자리에서 일어나자, 레이몽은 내 손을 꼭 붙잡고서, 싸나이끼린 언제나 통하는 법이라고 말했다. 난 레이몽의 집에서 나와 문을 닫고서, 캄캄한 층계참에 잠시 서 있었다. 건물 안은 고요했고, 계단통 저 아래로부터 음습한 신의 입김이 올라오고 있었다. 내 귀에선 윙윙대는 피의 박동 소리만이 들렸다. 난 꼼짝도 하지 않고 서 있었다. 쌀라마노 영감의 방에선, 개가 낮은 신음을 토해 냈다.

IV

난 이번 주 내내 열심히 일했고, 레이몽이 찾아와서 편질 보냈다고 말했다. 에마뉘엘과 함께 영화 보러 두 번 갔는데, 에마뉘엘은 스크린에서 무슨 일이 벌어지는질 다 이해하진 못한다. 그래서 설명을 해 줘야 한다. 어젠 토요일이어서, 합의했던 대로 마리가 왔다. 하얀색과 빨간색 줄무늬의 멋진 원피스에다 가죽 샌들을 신고 있어서, 난 진한 욕정이 솟구쳤다. 팽팽한 젖가슴이 감지됐고, 햇볕에 그을린 마리의 얼굴은 꽃과 같았다. 우린 버슬 타고 알제에서 몇 킬로 떨어진 바닷가로 갔다. 백사장은 양쪽에서 바위들이 둘러쌌고, 육지 쪽으론 갈대가 늘어서 있었다. 네 시의 태양이 아주 뜨겁진 않았지만, 바닷물은 미지근했고, 작은 파도들이 기다랗게 늘어지며 게으름을 피우고 있었다. 마리가 내게 놀이 하날 알려 줬다. 헤엄치면서 파도의 물마루서 바닷물을 마시고선, 입 안에 거품을 한가득 머금었다가, 등을 대고 누워 하늘을 향해 내뿜는 놀이였다. 그러면, 거품 자수가 놓여서, 공중에서 사라지거나, 미지근한 빗방울이 되어 얼굴 위로 다시 떨어졌다. 하지만 얼마 지나지 않아, 입 안은 소금기의 쓰라림에 얼얼했다. 그때, 마리가 나와 합류했고, 마린 물속에서 내 몸에 찰싹 달라붙었다. 마리가 내게 입술을 포갰다. 마리의 혀가 내 입술을 시원케 했고, 우린 한동안 파도 속에서 뒹굴었다.

백사장에서 다시 옷을 입었을 때, 마린 반짝이는 눈으로 날 쳐다봤다. 난 마리에게 입맞춤했다. 그 순간부터, 우린 말이 필요 없었다. 난 마릴 꼭 껴안았고, 우린 서둘러 버슬 타고 집으로 돌아와 침대로 뛰어들었다. 창문을 열어 둬서, 그을린 우리 몸 위로 여름밤이 흐르는 느낌이 상쾌했다.

오늘 아침엔, 마리가 남아 있었다. 난 마리에게 점심을 같이하자고 했다. 난 고길 사러 내려갔다. 다시 올라오는데, 레이몽의 방에서 여자 목소리가 들렸다. 잠시 후엔, 쌀라마노 영감이 개한테 으르렁댔고, 나무 계단 발판에서 신발창 소리와 발톱 소리가 났다. 이어서 "개새끼, 우라질 놈" 하는 욕지거리가 들리더니, 둘은 거리로 나갔다. 마리에게 영감 애길 하자, 마린 깔깔댔다. 마린 내 잠옷 하날 걸치고 있었는데, 양 소맬 걷어붙였다. 마리가 웃자, 난 다시 욕정이 솟았다. 잠시 후, 마린 내게 자길 사랑하는지 물었다. 난 그건 아무런 의미가 없고, 아마도 아닌 거 같다고 대답했다. 마린 슬픈 표정이었다. 하지만, 점심을 준비하면서, 아무 까닭 없이, 마리가 다시 웃어서, 난 마리에게 뽀뽀했다. 바로 그때, 레이몽네 집에서 다투는 소리가 터졌다.

처음엔 날카로운 여자 목소리가 들렸고, 이어서 "니가 날 우습게 봤어. 니가 날 우습게 봤어. 내 생각이 간절하도록 만들어 주지"라는 레이몽의 악다구니가 들렸다. 둔탁한 소리가 몇 번 나더니, 여자가 너무나도 끔찍하게 고래고래 소릴 질러 대서, 즉시 층계참은 사람들로 가득했다. 마리와 나도 나왔다. 여잔 계속해서 울부짖었고, 레이몽은 계속 두드려 패고 있었다. 마리가 끔찍하다고 말했지만, 난 아무런 대꾸도 하지 않았다. 마리가 내게 경찰을 부르러 가라고 했지만, 난 경찰을 싫어한다고 말했다. 그런데, 삼층 세입자인 배관공과 함께 경찰관 한 명이 도착했다. 경찰이 문을 두드리자, 아무 소리도 들리지 않았다. 경찰이 더욱 세게 문을 두드리자, 잠시 후 여자가 울어 댔고, 레이몽이 문을 열었다. 레이몽은 입에 담뱃 꼬나문 채, 짐짓 살가운 표정을 지었다. 여자가 문으로 뛰쳐나와, 레이몽이 자길 때렸다고 경찰에게 말했다. 경찰이 "이름이 뭐야?"라고 묻자, 레이몽이 대답했다. "나한테 말할 땐, 입에서 담배 치워"라고 경찰이 경고했다. 레이몽은 멈칫거리다가, 날 쳐다보며 담뱃 뺐었다. 그 순간, 경찰이 두툼하고 묵직한 손바닥으로 온 힘껏 레이몽의 귀싸대길 갈겼다. 담배가 몇 미터 멀리 떨어졌다. 레이몽은 안색이 싹 변했지만, 당장엔 아무 말도 하지 않다가, 이윽고 계면쩍은 목소리로, 꽁초를 주워도 되냐고 물었다. 경찰은 그러라고 하면서 덧붙였다. "다음번엔 말이야, 경찰이 인형[1]이 아니란 걸 알게 될 거야." 그러는 동안에도, 여잔 울면서 같은 말을 거푸했다. "저 사람이 절 때렸어요. 기둥서방인 주제에." 그러자 레이몽이 물었다. "경관님, 사람한테 고등어[2]라고 해도 되는 법입니까?" 하지만 경찰은 레이몽에게 "주둥이 닥쳐"라고 명령했다. 그러자 레이몽은 여자 쪽으로 돌아서서 말했다. "두고 봐, 이년, 다시 보게 될 테니." 경찰은 레이몽에게 그 주둥이 닥치라고 하면서, 여잔 가도 되지만, 레이몽은 집에 남아

---

1 프랑스어에서 '인형'(guignol)은 은어로 '경찰'을 뜻한다.
2 프랑스어에서 '고등어'(maquereau)는 속어로 '기둥서방'을 뜻한다.

서 경찰서에 소환되길 기다리라고 말했다. 경찰은 레이몽에게 그렇게 벌벌 떨 정도로 취했으니, 부끄러워해야 마땅하다고 덧붙였다. 그러자 레이몽이 둘러댔다. "경관님, 전 취한 게 아닙니다. 단지, 경관님이 제 앞에 있어서 떨고 있는 건데, 어쩔 수 없잖아요." 레이몽이 문을 닫자, 모두 자릴 떴다. 마리와 난 점심 준빌 끝냈다. 그러나, 마린 배가 고프지 않아서, 내가 거의 다 먹었다. 마린 한 시에 떠났고, 난 살짝 낮잠에 빠졌다.

세 시경에, 누군가 문을 두드리더니, 레이몽이 들어왔다. 난 누워 있었다. 레이몽은 침대 가에 앉았다. 레이몽이 한동안 말이 없어서, 어떻게 된 거냐고 내가 물었다. 레이몽은 하려던 대로 했는데, 그 여자가 자신의 뺨을 때려서, 그 여잘 두들겨 팼다고 얘기했다. 그 나머진, 내가 본 대로였다. 내가 보기엔, 이제 그 여자가 혼이 난 거 같으니, 흡족하겠다고 말했다. 레이몽도 같은 생각이었고, 경찰이 아무리 해 봐야, 그년이 얻어맞은 주먹세례에 달라질 건 하나도 없다고 비아냥댔다. 그는 경찰을 워낙 잘 알아서, 어떻게 대처해야 하는지 안다고 덧붙였다. 그리곤, 경찰의 귀싸대기에 맞대응하길 기대했냐고 내게 물었다. 난 아무것도 기대하지 않았고, 게다가 경찰을 싫어한다고 대답했다. 레이몽은 매우 흐뭇한 표정이었다. 레이몽이 함께 외출하겠냐고 물었다. 난 일어나서 빗질을 시작했다. 레이몽은 내가 증인으로 나서야 한다고 말했다. 내가 증인으로 나서든 말든, 이래도 저래도 내겐 마찬가지였지만, 무슨 말을 해야 하는진 몰랐다. 레이몽은 그 여자가 자길 우습게 봤다고만 말하면 된다고 했다. 난 증인으로 나서기로 했다.

우린 외출했다. 레이몽이 꼬냑 한 잔을 샀다. 이어서, 레이몽이 당구 한 판 치자고 했고, 아주 아깝게 내가 졌다. 곧이어 레이몽이 사창가에 가고 싶어 했지만, 난 그걸 싫어해서 안 된다고 했다. 그래서 우린 천천히 걸어서 돌아왔고, 레이몽은 정부를 혼꾸멍내 줘서 너무나 흐뭇하다고 말했다. 난 레이몽이 내겐 너무 잘한다고 여겼고, 좋은 시간이었다고 생각했다.

집 앞에서 안절부절못하는 모습의 쌀라마노 영감이 멀리서도 보였다. 영감에게 다가갔을 때, 난 개가 없다는 걸 알았다. 영감은 사방을 두리번거리며 빙빙 맴돌았고, 어두컴컴한 통로를 뚫어지게 쳐다보다가, 두서없이 몇 마디 중얼대더니, 뻘겋게 충혈된 새우 눈으로, 또다시 거리를 뒤지기 시작했다. 레이몽이 무슨 일이냐고 묻자, 영감은 즉각 대답하지 않았다. "개새끼, 우라질 놈"이라고 중얼대는 소리만이 희미하게 들렸고, 영감은 여전히 어쩔 줄 몰라 했다. 난 개가 어딨는지 물었다. 영감은 불쑥, 개가 사라졌다고 대답했다. 그러곤 느닷없이, 장황하게 늘어놓았다. "내가 그놈을 평소처럼 연병장에 데려갔어요. 장터 막사 주변에 사람들이 많았어요. '탈주의 제왕'을 구경하려고 잠시 멈췄어요. 자릴 뜨려는데, 그놈이 없더란 말이에요. 물론, 오래전부터 더 작은 목줄을 사 주려고 했지요. 하지만, 그 우라질 놈이 그렇게 떠나 버릴 줄이야 생각지도 못했어요."

그때, 레이몽은 개가 길을 잃었을 테고, 돌아올 거라고 말했다. 레이몽은 수십 킬로를 걸어서 주인을 다시 찾아온 개들이 있다는 사례를 들었다. 이 말에도 아랑곳없이, 영감은 더욱 흥분한 기색이었다. "내 말 아시겠소? 사람들이 나한테서 그놈을 빼앗아 갈 거요. 제발 누군가 거둬 주기라도 하면 좋으련만. 하지만 그건 있을 수 없는 일이요. 그놈의 딱지 때문에 누구나 역겨워 하거든요. 경찰은 잡아 둘 테지요. 그건 확실해요." 그래서 내가, 유기견 보호소에 가 보라고 하면서, 약간의 비용을 지불하면 돌려준다고 말했다. 영감은 비용이 많이 드는지 물었다. 난 얼마인지 몰랐다. 그러자 영감은 분통을 터트렸다. "그 우라질 놈 때문에 돈을 낸다고. 아, 그놈이 사람 잡네!" 그러곤 욕설을 퍼붓기 시작했다. 레이몽은 낄낄 웃고 나서, 안으로 들어갔다. 나도 따라 들어갔고, 우린 층계참에서 헤어졌다. 잠시 후, 영감의 발소리가 들리더니, 문을 두드렸다. 문을 열자, 영감은 한동안 문턱에 서 있다가 말했다. "미안해요. 미안해요." 내가 들어오라고 청했지만, 영감은 들어오려 하지 않았다. 영감은 구두코를 내려다봤고, 딱지투성이 두 손은 부들부들 떨고 있었다. 나와 얼굴을 맞대지도 않고서, 영감이 물었다. "뫼르쏘씨, 사람들이 나한테서 그놈을 빼앗지 않을 거라고 해 주세요. 내게 돌려줄 거라고요. 그러지 않으면, 내가 뭐가 되겠어요?" 난 영감에게, 보호소에선 주인이 찾아가도록 사흘 동안 개를 돌보다가, 그 이후엔 좋을 대로 처리한다고 말했다. 영감은 말없이 날 쳐다봤다. 그러곤 "안녕히 계세요"라고 말했다. 영감은 자기 집 문을 닫았고, 영감이 왔다 갔다 하는 소리가 들렸다. 영감의 침대가 삐걱거렸다. 벽을 통해 나지막이 들리는 이상한 소리에, 난 영감이 울고 있음을 알았다. 왜 엄마 생각이 났는지, 난 모르겠다. 하지만 난, 다음 날 일찍 일어나야 했다. 난 배가 고프지 않아서, 저녁을 거른 채 잠자리에 들었다.

V

레이몽이 사무실로 전화했다. 레이몽은 자기 친구한테 나에 대해 얘기했다면서, 그 친구가 알제 근처의 자기 별장에서 일요일 한나절을 보내자며, 날 초대했다고 말했다. 난 기꺼이 그러고 싶지만, 여자 친구와 일요일을 함께 보내기로 약속했다고 대답했다. 레이몽은 즉시 여친도 초대한다고 말했다. 남자들 틈에 혼자 있지 않아도 되니, 친구 아내가 아주 좋아할 거였다.

난 얼른 수화길 내려놓고 싶었다. 사장이 외부에서 걸려 오는 전활 싫어하는 거 알기 때문이었다. 그런데, 레이몽이 끊지 말라면서, 저녁때 초대 사실을 전해 줄 수도 있었지만, 다른 일로 내게 일러두고 싶은 말이 있다고 했다. 아랍인 무리가 온종일 자길 따라다녔는데, 그중에 옛 정부의 오라비가 끼어 있었다고 했다. "오늘 저녁, 돌아오다 집 근처에서 그 녀석을 보면, 나한테 알려 줘." 난 알았다고 했다.

잠시 후, 사장이 날 불렀고, 그 순간 난 난감했다. 사장이 전화를 덜 하고, 일을 더 열심히 하라고 말할 거라 짐작해서였다. 그런데, 전혀 그런 게 아니었다. 사장은 아직은 아주 막연한 계획에 관해 얘기하려 한다고 말을 꺼냈다. 단지, 그 건에 대해 내 의견을 듣고자 했다. 사장은 빠리에 사무실을 열어, 현지에서 직접 대형 회사들과 사업할 의도여서, 내가 빠리에 갈 의향이 있는지 알고자 했다. 그러면, 내가 빠리 생활도 할 수 있고, 일 년 중 일부는 여행도 할 수 있을 터였다. "자넨 젊으니까, 자네 맘에 드는 삶일 거 같은데." 난 그렇긴 하지만, 실은 내겐 이래도 저래도 마찬가지라고 했다. 그러자 사장은 삶의 변화에 관심이 없냐고 물었다. 난 결코 삶을 바꾸진 못하며, 어쨌거나 모든 삶이 엇비슷하고, 지금의 내 삶이 조금도 싫지 않다고 대답했다. 사장은 못마땅한 표정을 지으며, 내가 늘 빗나간 대답을 하고 야망이 없다면서, 그건 사업에 치명적이라고 되받았다. 그래서 난 내 자리로 돌아와서 일했다. 사장의 불만을 사지 않는 게 더 좋았겠지만, 내겐 딱히 지금의 삶을 바꿀 만한 이유가 없었다. 곰곰이 잘 생각해 보면, 난 불행하지 않았다. 대학생 땐, 나도 그런 야망이 많았다. 하지만, 학업을 포기해야만 했을 때, 난 그런 야망이 다 실제론 부질없음을 곧 깨달았다.

저녁때, 마리가 찾아와서 자기와 결혼하고 싶은지 물었다. 난 마리에게 이래도 저래도 내겐 마찬가지라고, 그녀가 원하면, 우린 그럴 수 있을 거라고 답했다. 그러자 마린, 내가 자길 사랑하는지 알고 싶어 했다. 난 전에도 이미 한 번 말했듯이, 그건 아무런 의미도 없지만, 아마도 사랑하지 않는 거 같다고 대답했다. 마린 "그럼, 왜 나와 결혼하는데?"라고 쏘아붙였다. 난 마리에게 그건 하나도 중요하지 않고, 그녀가 원하면, 우린 결혼할 수 있다고 받아쳤다. 하기야, 결혼을 원하는 건 그녀였고, 나, 난 그저 좋다고 말할 뿐이었다. 그러자 마린, 결혼은 중차대한 일이라고 꼬집었다. 난 "아냐"라고 맞받았다. 마린 한동안 입을 다문 채, 묵묵히 나를 쳐다보다가 말했다. 마린 단지, 같은 식으로 관계 맺은 다른 여자의 똑같은 제안도 받아들일 건지 알고 싶어 했다. 난 "당연하지"라고 했다. 그러자 마린, 자신이 날 사랑하는지 혼잣말했고, 나, 난 그에 관해선 도통 알 수 없었다. 또다시 한동안 침묵이 흐른 뒤, 마리는 내가 이상한 사람이라고, 아마도 그러기에 나를 사랑하지만, 언젠간 똑같은 이유로 정떨어질 거라고 중얼거렸다. 내가 덧붙일 말이 없어 입을 다물자, 마린 웃으면서 내 팔짱을 끼고선, 나와 결혼하고 싶다고 말했다. 난 마리가 원하기만 하면, 우린 언제든지 결혼하게 될 거라고 화답했다. 그때 난, 사장의 제안에 관해 마리에게 얘기했고, 마린 빠리에 가 봤으면 좋겠다고 말했다. 내가 한때 빠리에서 살아 본 적이 있다고 하자, 마린 어떠냐고 물었다. 내가 말했다. "빠린 더러워. 비둘기들이 날아다니고, 마당은 음침해. 사람들은 피부가 하얗고 말이야."

우린 걸어서 대로를 따라 시내 가로질렀다. 여자들이 예뻤고, 난 마리에게 그걸 주시했는지 물었다. 마린 그렇다고 하면서 날 이해한다고 답했다. 우린 한동안 말이 없었다. 하지만 난, 마리가 내 곁에 있었으면 해서, 쎌레스트네 식당에서 함께 저녁을 먹을 수 있다고 제안했다. 마린 기꺼이 그러고 싶지만, 할 일이 있다고 답했다. 우리 집 근처에 이르자, 난 마리에게 또 보자고 했다. 마린 날 쳐다보며 물었다. "내가 해야 한다는 일이 뭔지 궁금하지 않아?" 난 기꺼이 알고 싶지만, 미처 생각지 못했다고 하자, 마린 날 나무라는 표정이었다. 그때, 뻘쭘한 내 표정을 보고서, 마린 다시 깔깔댔고, 내게로 온몸을 기울여 입술을 내밀었다.

난 쎌레스트네 식당에서 저녁을 먹었다. 내가 이미 먹기 시작했을 때, 작은 체구의 이상한 여자가 들어와서, 내 테이블에 합석해도 되겠냐고 물었다. 당연히 그래도 되었다. 그 여자의 몸짓은 뚝뚝 끊겼고,

사과 모양의 작은 얼굴에선 두 눈이 반짝였다. 재킷을 벗고서 자리에 앉더니, 골똘히 차림표를 훑었다. 그 여잔 쎌레스틀 부르더니, 곧바로, 다급하고도 또렷또렷한 목소리로, 자기가 먹을 요릴 한꺼번에 다 주문했다. 전채를 기다리며 가방을 열더니, 연필과 네모난 종이쪽질 꺼내 먼저 계산하고선, 작은 지갑에서 팁을 얹은 정확한 액술 꺼내 앞에다 놓았다. 그때, 전채가 나왔고, 그 여잔 순식간에 해치웠다. 다음 요릴 기다리며, 다시 가방에서 파란 연필과 라디오 주간편성표 잡질 꺼냈다. 그러곤, 무척이나 세심하게, 거의 모든 프로를 일일이 오늬 부호로 표기했다. 잡지가 열두어 쪽이나 되어서, 식사하는 내내 꼼꼼하게 그 일을 계속했다. 난 이미 다 먹었는데도, 그 여잔 여전히 한결같이 집중해서 오늬 표실 하고 있었다. 이윽고 자리에서 일어나더니, 여전히 로봇처럼 드팀없는 동작으로, 재킷을 다시 입고서 자릴 떴다. 난 할 일이 없어서, 나도 밖으로 나와, 한동안 그 여잘 뒤쫓았다. 그 여잔 인도 턱을 따라, 믿기지 않을 만큼 날래면서도 안전하게, 흐트러지거나 뒤돌아보지도 않고서, 갈 길을 갔다. 끝내, 내 시야에서 사라졌고, 난 발길을 돌렸다. 난 이상한 여자라고 생각했지만, 이내 곧 잊어버렸다.

문 앞에서 쌀라마노 영감과 마주쳤다. 난 영감을 집 안으로 안내했고, 영감은 개가 보호소에 없는 걸로 봐서 잃어버린 거라고 했다. 보호소 직원들에 따르면, 아마 차에 치였을 거라고 했다. 영감은 경찰서에선 그걸 알 수 없는지 물어봤다. 직원들은 그런 일이 날마다 일어나서 흔적이 남지 않는다고 대답했다. 난 쌀라마노 영감에게 다른 갤 키우면 되지 않냐고 했지만, 영감은 그놈에게 정들었다고 했다. 맞는 말이었다.

난 침대 위에 웅크려 앉았고, 영감은 식탁 앞의 의자에 앉았다. 영감은 나와 마주하고 앉아서, 두 손을 양 무릎 위에다 올려놓았다. 영감은 해묵은 중절모를 부여잡고 있었다. 영감은 누런 콧수염 아래로 짤막하게 몇 마디 궁시렁댔다. 영감이 약간 귀찮긴 했지만, 난 할 일이 없었고, 졸리지도 않았다. 말문을 트려고, 난 영감에게 개에 관해 물어봤다. 영감은 아내가 죽자 그놈을 기르게 됐다고 대답했다. 영감은 꽤나 늦게 결혼했다. 젊었을 땐, 연극을 하려고 했었다. 군대에선 병영극단에서 활동하기도 했다. 하지만 결국, 철도청에 입사했고, 지금은 소액의 연금을 받기에 후회하지 않는다고 했다. 아내완 행복하진 않았지만, 전반적으론 그런대로 정들었다. 아내가 죽자, 영감은 너무 외롭다고 느꼈다. 그래서 직장 동료에게 개 한 마릴 부탁했고, 하룻강아지 때 그놈을 데려왔다. 우유병으로 키워야 했다. 하지만, 개가 사람보다 더 오래 살지 못하기에, 둘은 끝내 같이 늙게 됐다. 쌀라마노 영감이 말했다. "그놈 성질이 고약했어요. 이따금 실랑일 벌이곤 했지요. 하지만, 그래도 좋은 개였어요." 내가 훌륭한 순종 개였다고 하자, 영감은 흐뭇한 표정을 지었다. 영감이 덧붙였다. "더군다나, 앓기 전의 그놈을 모르죠. 그놈 털이 최고로 멋졌는데." 개가 피부병에 걸린 이후로, 쌀라마노 영감은 날마다 조석으로 연고를 발라 줬다. 하지만 영감 말에 따르면, 진짜 병은 노화였고, 노쇠는 고치지 못한다는 거였다.

그때, 내가 하품을 하자, 영감은 가겠다고 말했다. 난 영감에게 더 있어도 된다면서, 개한테 무슨 일이 벌어졌는지 걱정된다고 덧붙였다. 영감은 내게 고맙다고 했다. 영감은 엄마가 자기 개를 무척 좋아했다고 말했다. 영감은 엄말 언급하면서 "불쌍한 어머니"라고 했다. 영감은 엄마가 죽은 이후 내가 정말 불행하리라 짐작된다고 했지만, 난 아무런 대꾸도 하지 않았다. 그러자 영감은 즉시 난처한 표정을 지으면서,

내가 어머닐 양로원에 맡겼기 때문에, 동네 사람들이 나를 안 좋게 본다는 사실을 알고 있었다고 했다. 하지만 영감은 나를 알았고, 내가 엄말 무척 사랑했다는 사실을 알고 있었다. 내가 왜 그랬는진 지금도 모르겠지만, 여태까지 난, 그 문제로 인해서, 사람들이 나를 흉보는 줄 몰랐다면서, 엄말 돌볼 만큼 돈이 넉넉지 않아서, 내가 보기엔, 양로원이 당연한 거였다고 맞받았다. 내가 덧붙였다. "게다가 오래전부터, 엄만 나한테 할 말이 아예 없어서, 혼자서 지겨워했거든요." 영감이 받아 말했다. "그래요. 적어도 양로원에선 친구라도 사귀지요." 그러곤, 자고 싶단 핑곌 댔다. 이제 영감의 삶은 달라졌고, 영감은 도통 뭘 해야 할지 몰랐다. 영감을 알고 지낸 이후 처음으로, 영감이 슬그머니 내게 손을 내밀었고, 난 살갗의 비늘들이 느껴졌다. 영감은 살짝 웃더니, 자릴 뜨기 전에 말했다. "오늘 밤은 개들이 짖지 말았으면 좋겠어요. 아무래도, 내 놈인 거 같거든요."

VI

그 일요일, 난 잠에서 깨기가 힘들었다. 마리가 날 부르면서 흔들어 깨워야 했다. 일찍 수영하고 싶어서, 우린 아침도 걸렀다. 난 온통 텅 빈 느낌이었고, 머리가 살짝 띵했다. 담배 맛은 떫었다. 마린 내가 "슬픈 표정"[1]이라면서 놀려 댔다. 마린 하얀 망사 원피슬 입었고, 머린 묶지 않았다. 난 마리에게 예쁘다고 했고, 마린 신이 나서 깔깔댔다.

내려오면서 레이몽네 문을 두드렸다. 레이몽은 내려간다고 대답했다. 거리로 나오자, 피곤 때문에, 또한 우리 집 덧문이 닫힌 채였기 때문에, 이미 태양이 온통 가득해서, 햇빛에 뺨따귀 한 방 얻어맞은 듯했다. 마린 기뻐 깡충깡충 뛰면서, 연신 날씨가 좋다고 했다. 난 기분이 나아졌고, 시장길 느꼈다. 마리에게 그렇게 말하자, 마린 우리 수영복 두 벌과 수건 한 장이 든 방수포 가방을 보여 줬다. 우린 기다려야 했

---

1 프랑스어 표현 'une tête d'enterrement'은 '슬픈 표정'을 의미하지만, 문자 그대로는 '장례식 때 얼굴'이라는 뜻이다.

고, 레이몽이 문 닫는 소리가 들렸다. 레이몽은 파란 바지에다 하얀 반팔 셔츠를 입고 있었다. 그런데, 레이몽이 뱃사공 모잘 쓰고 있어서, 마리가 낄낄댔다. 레이몽의 팔뚝은 검은 털 아래로 새하얬다. 새하얀 팔뚝을 보자, 난 살짝 불쾌했다. 레이몽은 휘파람을 불면서 내려왔고, 아주 흐뭇한 표정이었다. 레이몽은 내게 "안녕, 친구"라 했고, 마릴 "아가씨"라 불렀다.

전날, 우린 경찰서에 갔었고, 난 그 여자가 레이몽을 "우습게 봤다"고 증언했다. 레이몽은 경고 조치로 풀려났다. 경찰은 내 진술을 검증하지 않았다. 집 앞에서 레이몽과 그런 애길 하고 나서, 우린 버슬 타기로 했다. 바닷가가 그리 멀지 않았지만, 그러면 더 빨리 갈 터였다. 레이몽은 우리가 일찍 도착해서 친구가 좋아할 거라고 생각했다. 막 떠나려는 참인데, 불쑥 레이몽이 내게 맞은편을 보라고 신호했다. 담배가게 진열창에 등을 기댄 아랍인 무리가 보였다. 아랍인들은 묵묵히 우릴 쳐다보고 있었지만, 그들 멋대로, 우릴 돌이나 고목으로 보는 것 이상도 이하도 아닌 그런 낌새였다. 레이몽은 왼쪽에서 두 번째가 그 녀석이라면서, 무척이나 근심스러운 표정을 지었다. 하지만 레이몽은 이제 끝난 일이라고 덧붙였다. 마린 사정을 잘 몰라서, 무슨 일인지 물었다. 난 마리에게 저 아랍인들이 레이몽한테 앙심을 품고 있다고 말했다. 마린 얼른 자릴 뜨고 싶어 했다. 레이몽이 다시 기운을 내더니, 서둘러야 한다면서 웃었다.

우린 조금 멀리 있는 버스 정류장을 향해 걸어갔다. 레이몽은 아랍인들이 우릴 뒤쫓아오지 않는다고 내게 말했다. 난 뒤돌아봤다. 아랍인들은 여전히 같은 곳에 머물러 있었고, 여전히 무심한 눈길로, 우리가 방금 떠난 자릴 물끄러미 바라보고 있었다. 우린 버슬 탔다. 레이몽은 깨끗이 시름을 털어 낸 듯했고, 마릴 위해 연신 농담을 던졌다. 난 마리가 레이몽의 마음에 든다고 느꼈지만, 마린 레이몽을 거의 상대하지 않았다. 이따금 쳐다보며 깔깔댈 뿐이었다.

우린 알제 교외에서 내렸다. 바닷가는 버스 정류장서 그리 멀지 않았다. 하지만, 바다를 굽어보며 백사장 쪽으로 비탈진 야트막한 언덕을 지나야만 했다. 이미 짙푸른 하늘 아래로, 언덕은 새하얀 수선화와 누릿한 자갈로 덮여 있었다. 마린 방수포 가방을 힘껏 휘둘러서, 수선화 꽃잎들을 흩트리는 장난에 빠졌다. 우린 초록색이나 하얀색 울타리의 아담한 별장들이 줄지어 늘어선 사이로 걸어갔는데, 몇몇 별장들은 따마리스 나무 아래 베란다가 파묻혀 있었고, 나머지 몇몇 별장들은 자갈밭에 그대로 드러나 있었다. 언덕 가에 미처 닿기도 전에 잔잔한 바다가 보였고, 그리고 저 멀리, 맑은 물에서 졸고 있는 둔중한 뱃머리가 보였다. 나지막한 엔진음이 고요한 대기를 뚫고 우리한테까지 들려왔다. 그리고 아주 저 멀리 반짝이는 바다에선, 조그만 고깃배가 눈에 띄지 않을 만큼 느릿느릿 나아가고 있었다. 마린 바위틈에 핀 붓꽃 몇 송일 땄다. 바다로 내려가는 비탈길에서, 우린 벌써 수영하고 있는 몇몇 사람들을 보았다.

레이몽의 친구는 바닷가 가장자리의 작은 목조 별장에 살고 있었다. 별장은 바위를 등지고 있었는데, 전면에서 건물을 떠받치는 기둥들은 이미 물에 잠겨 있었다. 레이몽이 우릴 소개했다. 그의 친구 이름은 마쏭이었다. 몸통과 어깨가 육중한 거구였고, 아담하고 통통한 아내는 빠리 말투에 상냥한 여자였다. 마쏭은 대뜸 우리에게 편하게 지내라면서, 그날 아침에 낚은 생선튀김이 있다고 말했다. 난 마쏭에게 집이 참 예쁘다고 했다. 마쏭은 토요일과 일요일 그리고 공휴일마다 이곳에서 지낸다고 했다. 마쏭이 덧붙였다. "사람들이 제 아내완 잘 통해요." 때마침, 마쏭의 아낸 마리와 함께 깔깔 웃고 있었다. 아마도 처음으로 난, 정말로 결혼을 해야겠다고 생각했다.

마쏭은 수영을 하고 싶었지만, 그의 아내와 레이몽은 따라나서려 하지 않았다. 우리 셋은 별장에서 내려왔고, 마린 곧장 물속으로 뛰어들었다. 마쏭과 난 잠시 기다렸다. 마쏭은 말이 느렸는데, 말끝마다 "게다가 덧붙이자면"이라고 토를 다는 버릇이 있음을 난 알아챘다. 심지어 실은, 덧붙일 의미가 전혀 없을 때조차도 말이다. 마리를 언급하며 마쏭이 내게 말했다. "멋들어진 여자네요. 게다가 덧붙이자면, 매력적인 여자네요." 그 이후로 난, 그 말버릇에 신경 쓰지 않는데, 태양이 베푸는 행복을 만끽하는 데에 정신이 팔려서였다. 발밑에선 모래가 달궈지기 시작했다. 난 물속으로 뛰어들고 싶은 충동을 거듭 억누르다가, 끝내 마쏭에게 말했다. "갈까요?" 난 물속으로 첨벙 뛰어들었다. 마쏭은 천천히 물속으로 들어오다가, 발이 바닥에 닿지 않자, 그제야 몸을 던졌다. 마쏭은 평영을 했는데, 꽤나 서툴러서, 난 그를 내버려 두고 마리와 합류했다. 물이 차가웠지만, 난 헤엄쳐서 만족스러웠다. 나와 마린 바다 멀리 나갔고, 우린 만족감에서나 몸놀림에서나 죽이 잘 맞는 느낌이었다.

먼바다에서, 우린 등을 대고 누웠는데, 하늘을 향한 내 얼굴 위론, 갓 지나간 물너울 사이로 태양이 내리쬤고, 바닷물이 입 안으로 흘러들었다. 마쏭이 백사장으로 다시 올라가 땡볕에 드러눕는 모습이 보였다. 멀리서도 그는 산더미 같았다. 마린 우리 둘이 함께 헤엄치길 원했다. 내가 마리의 뒤에서 허리를 붙잡고 두 발로 물장구치며 돕자, 마린 두 팔을 저어 앞으로 나아갔다. 그 아침나절에, 나지막이 부서지는 물

소리가 우릴 뒤쫓아 왔고, 끝내 난 피곤을 느꼈다. 그래서 난, 마릴 내버려 두고, 호흡을 잘 조절하며, 일정한 리듬으로 헤엄치며 되돌아왔다. 백사장에서 난 마쏭 곁에 배를 깔고 엎어져 얼굴을 모래에 파묻었다. 내가 "좋았어요"라고 하자, 마쏭도 맞장구쳤다. 잠시 후, 마리가 돌아왔다. 난 돌아누워 내게로 다가오는 마리를 바라봤다. 마린 짠물에 온몸이 번질거렸고, 머린 뒤로 넘겼다. 마리가 옆구릴 맞대고 내 곁에 나란히 누웠고, 그녀의 몸과 태양이 내뿜는 두 열기에, 난 살짝 잠이 들었다.

마리가 날 흔들어 깨우더니, 마쏭이 집으로 올라갔고, 점심을 먹어야 한다고 말했다. 난 배가 고파서 곧바로 일어났으나, 마리가 아침 이후로 자길 안아 주지 않았다고 꼬집었다. 그건 사실이었고, 난 그러고 싶었다. 마리가 내게 말했다. "물속으로 들어가자." 우린 한걸음에 달려가서, 첫 번째 마주친 작은 파도에 몸을 실었다. 우린 잠시 평영을 하다가, 마리가 내 몸에 찰싹 달라붙었다. 내 다릴 감싼 마리의 두 다리가 느껴지자, 난 욕정이 일었다.

우리가 돌아왔을 때, 마쏭은 진작부터 우릴 부르고 있었다. 난 몹시 배가 고프다고 했고, 마쏭은 즉시 아내에게 내가 마음에 든다고 말했다. 빵이 맛있었고, 난 내 몫의 생선을 허겁지겁 해치웠다. 이어서, 고기와 감자튀김이 나왔다. 모두가 묵묵히 먹었다. 마쏭은 연신 포도줄 마시면서, 연거푸 내게 따라 줬다. 커피 타임 때, 난 머리가 좀 멍했고, 담밸 많이 피웠다. 마쏭과 레이몽 그리고 나, 우리 셋은 팔월에 공동 부담으로 바닷가서 함께 지낼 궁리를 했다. 마리가 불쑥 내뱉었다. "몇 신지 아세요? 열한 시 반이에요." 우리 모두 놀랐지만, 마쏭은 너무 일찍 먹긴 했는데, 배꼽시계 울릴 때가 곧 점심시간이니 자연스러운 일이라고 했다. 난 왜 그 말에 마리가 웃었는지 모르겠다. 내 짐작엔, 마리가 조금 과음했던 거 같다. 그때, 마쏭이 백사장에서 함께 산책하지 않겠냐고 내게 물었다. "내 아낸 점심 후에 늘 낮잠을 자거든요. 난 말이죠, 난 낮잠을 좋아하지 않아요. 난 걸어야 해요. 난 늘 아내한테 산보가 건강에 더 좋다고 말하지요. 하지만 결국, 아내 권리예요." 마리 남아서 마쏭 부인을 도와 설거질 하겠다고 말했다. 아담한 빠리 여자는 그러기 위해선 남자들을 밖으로 내쫓아야 한다고 거들었다. 우리 셋은 별장에서 내려왔다.

태양이 모래 위에 거의 수직으로 내리쬤고, 바다 위의 햇살은 견딜 수 없을 지경이었다. 백사장엔 아무도 없었다. 언덕을 따라 바다를 굽어보는 별장들에서 설거지하는 식기 소리가 들렸다. 땅에서 올라오는 극심한 열기에 숨이 턱턱 막혔다. 처음엔 마쏭과 레이몽이 얘길 나눴는데, 내가 모르는 사람들과 일에 관한 얘기였다. 난 둘이 오래전부터 아는 사이이고, 한때 같이 산 적도 있음을 알아챘다. 우린 물 쪽으로 가서 바다를 따라 걸었다. 이따금 더 길게 부서지는 작은 파도가 망사구둘 적시곤 했다. 난 아무 생각도 없었다. 내 민머리에 내리쬐는 태양 때문에, 반쯤 잠이 들어서였다.

그때, 레이몽이 마쏭에게 무슨 말인가 했는데, 난 잘 알아듣지 못했다. 하지만 바로 그때, 백사장 맨 끝 아주 저 멀리서, 우리 쪽으로 걸어오는 작업복 차림의 아랍인 둘이 보였다. 난 레이몽을 쳐다봤고, 레이몽이 내게 말했다. "그 녀석이야." 우린 계속 걸어갔다. 마쏭이 어떻게 그들이 여기까지 우릴 따라왔는지 물었다. 해수욕 가방을 들고서 버스 타는 우릴 봤을 거라 생각했지만, 난 아무 말도 하지 않았다.

아랍인들은 천천히 걸어왔고, 벌써 많이 다가와 있었다. 우린 걸음샐 바꾸지 않았다. 하지만 레이몽이 말했다. "혹시 싸움이 벌어지면, 너 마쏭은 두 번째 놈을 맡아. 나, 난 내 놈을 맡을게. 뫼르쏘, 넌 말이야, 또 다른 놈이 나타나면 맡아." 난 "알았어"라고 했고, 마쏭은 두 손을 주머니에 넣었다. 과열된 모래가 이젠 시뻘겋게 달궈진 듯했다. 우린 한결같은 걸음으로 아랍인들을 향해 나아갔다. 서로 간의 거리가 점점 좁혀졌다. 몇 걸음나비 사이가 되었을 때, 아랍인들이 멈춰 섰다. 마쏭과 나, 우린 발걸음을 늦췄다. 레이몽은 곧장 자기 상대한테로 갔다. 난 레이몽이 무슨 말을 했는지 잘 알아듣진 못했지만, 상대가 레이몽에게 박치기 시늉을 했다. 그러자, 레이몽이 먼저 한 대 갈기고선, 곧바로 마쏭을 불렀다. 마쏭은 레이몽이 지목했던 아랍인에게로 가서, 온몸의 무게를 다 실어 두 번 후려쳤다. 아랍인은 얼굴이 바닥에 처박힌 채 물속에 펑퍼졌고, 그렇게 잠시나마 있으려니, 머리통 언저리서 거품이 밖으로 솟아났다. 그러는 사이, 레이몽도 후려 팼고, 상대의 얼굴은 피범벅이 되었다. 레이몽이 내게로 고개 돌려 말했다. "저놈이 혼쭐나는 꼴봐 둬." 내가 레이몽에게 소리쳤다. "조심해. 칼이야!" 하지만, 이미 레이몽의 팔뚝은 째졌고, 입술이 베였다.

마쏭이 앞으로 펄쩍 뛰어들었다. 그런데, 물속에 처박혔던 아랍인이 일어나서, 칼 든 아랍인 뒤로 피신했다. 우린 꼼짝도 하질 못했다. 아랍인들은 계속해서 우릴 노려보며, 칼로 위협하면서 슬금슬금 뒤로 물러났다. 충분한 거리가 확보되자, 아랍인들이 재빨리 도망쳤고, 그러는 사이, 우린 못 박힌 듯 태양 아래 서 있었고, 레이몽은 핏방울이 뚝뚝 떨어지는 팔뚝을 꼭 부여잡고 있었다.

즉시, 마쏭은 일요일마다 언덕 위 별장에서 지내는 의사가 있다고 말했다. 레이몽은 곧장 의사한테 가려고 했다. 하지만 말을 할 때마다,

상처에서 피가 흘러나와 입 안에서 거품이 일었다. 우린 레이몽을 부축해서 얼른 별장으로 돌아왔다. 별장에서 레이몽은 상처가 깊지 않다면서, 의사한테 갈 수 있겠다고 말했다. 레이몽이 마쏭과 함께 떠났고, 난 남아서 두 여자에게 무슨 일이 벌어졌는지 설명했다. 마쏭 부인은 울먹였고, 마린 아주 창백해졌다. 나, 난 여자들한테 설명하는 게 귀찮았다. 끝내 난, 입을 다물고선, 바다를 바라보며 담배를 피웠다.

한 시 반경, 레이몽이 마쏭과 함께 돌아왔다. 레이몽의 팔뚝엔 붕대가 감겨 있고, 입가엔 일회용 반창고가 붙어 있었다. 의사가 레이몽에게 별거 아니라고 했지만, 레이몽은 매우 침울한 표정이었다. 마쏭이 애써 레이몽을 웃겨 보려 했다. 하지만, 레이몽은 여전히 꿀 먹은 벙어리였다. 레이몽이 백사장으로 내려간다고 말하자, 난 어딜 가는지 물었다. 마쏭과 난, 우리도 가겠다고 말했다. 그러자, 레이몽이 벌컥 화를 내며, 우리한테 욕질했다. 마쏭은 레이몽을 건드려선 안 된다고 했다. 그래도 나, 난 레이몽을 뒤따라 나섰다.

우린 오랫동안 백사장을 걸었다. 태양은 이제 짓누르는 듯했다. 햇빛이 모래와 바다 위에서 산산조각 부서지고 있었다. 난 레이몽이 어딜 가는지 아는 듯한 느낌이 들었지만, 아마도 그건 잘못 짚은 거였다. 백사장 맨 끝에 이르자, 우린 마침내 작은 샘에 다다랐는데, 커다란 바위 뒤 모래 속에서 흘러나오는 샘물이었다. 거기서, 우린 예의 두 아랍인을 발견했다. 그들은 기름때가 꾀죄죄한 작업복 차림으로 누워 있었다. 그들은 너무나 평온하고 얼추 흐뭇한 표정이었다. 우리가 다가갔는데도, 미동도 하지 않았다. 칼을 휘둘렀던 아랍인은 묵묵히 레이몽을 노려보고 있었다. 다른 아랍인은 조그만 갈대 피릴 불고 있었는데, 곁눈질로 우릴 흘겨보며, 피리에서 나오는 세 가지 음만을 연이어

반복하고 있었다.

그러는 동안 내내, 나지막한 샘물 소리와 세 가지 음과 더불어, 태양과 그 침묵밖에 없었다. 레이몽이 주머니의 권총에 손을 갖다 댔지만, 상대는 꿈쩍도 하지 않았고, 둘은 계속 서롤 노려보고 있었다. 피리 부는 아랍인의 지나치게 벌어진 발가락이 눈에 띄었다. 상대에게서 눈을 떼지 않은 채로, 레이몽이 내게 물었다. "저놈을 처치해 버릴까?" 내가 안 된다고 하면, 레이몽이 저 혼자 흥분해서 분명 총을 쏠 거라고 난 생각했다. 그래서 난, 레이몽에게 단지 이렇게만 말했다. "저 녀석이 아직 너한테 말을 걸지 않았잖아. 근데 그냥 쏘면 비겁하잖아." 무거운 침묵과 뜨거운 열기 속에서도, 나지막한 샘물 소리와 피리 소리가 여전히 들렸다. 레이몽이 말했다. "그럼, 내가 저 녀석에게 욕을 해서 녀석이 대꾸하면, 그땐 녀석을 처치해 버리겠어." 내가 받아 말했다. "그래. 하지만, 저 녀석이 칼을 빼지 않으면, 총을 쏴선 안 돼." 레이몽이 살살 흥분하기 시작했다. 다른 아랍인은 줄곧 피릴 불었고, 둘 다 레이몽의 일거수일투족을 주시하고 있었다. 내가 레이몽에게 말했다. "아냐. 일 대 일로 붙어. 권총은 내게 맡겨. 다른 녀석이 끼어들거나, 그 녀석이 칼을 빼면, 내가 처치해 버릴게."

레이몽이 내게 권총을 건넬 때, 권총 위로 햇빛이 미끄러졌다. 그런데, 마치 우리 주위로 사방이 온통 막혀 있기라도 한 듯이, 우린 여전히 꼼짝도 하지 못했다. 우린 눈길을 내리지 않고서 서로를 노려보고 있었고, 온 세상이 여기, 바다, 모래와 태양, 피리와 샘물의 이중 침묵 사이에 정지해 있었다. 그 순간 난, 총을 쏠 수도, 쏘지 않을 수도 있다고 생각했다. 그런데, 갑자기 아랍인들이 뒷걸음치더니, 바위 뒤로 사라져 버렸다. 그래서 레이몽과 난 발길을 돌렸다. 레이몽은 기분이 훨씬 좋아진 듯했고, 돌아가는 버스 얘길 했다.

난 별장까지 레이몽과 동행했다. 레이몽이 나무 계단을 올라가는 동안, 난 첫 번째 발판 앞에 멈춰 서서, 힘들게 나무 층계를 올라가 또다시 여자들을 상대해야 하는 고달픔에 낙담한 채, 머리 위로 작열하는 태양을 맞고 있었다. 그런데, 그 열기가 너무 강렬해서, 하늘에서 쏟아지는 눈부신 작달비를 맞으며, 꼼짝없이 서 있는 것 역시 괴로웠다. 여기에 있든지, 아니면 떠나든지, 마찬가지였다. 잠시 후, 난 백사장으로 발길을 돌려 걷기 시작했다.

태양은 여전히 시뻘겋게 작열하고 있었다. 모래 위에선, 바다가 작은 파도들에 숨이 막혀 가쁜 숨을 몰아쉬며 헐떡이고 있었다. 난 바위를 향해 천천히 걸어갔고, 태양에 부풀리는 내 이마가 느껴졌다. 태양의 뜨거운 열기가 온통 나를 짓누르며, 나의 전진을 가로막고 있었다. 작열하는 태양의 거대한 숨결이 얼굴에서 느껴질 때마다, 난 이를 악물었고, 바지 주머니 속의 두 주먹을 불끈 쥐었고, 태양을 이기고자, 태양이 내게 퍼붓는 얼큰한 취기를 물리치고자, 난 온몸이 팽팽하게 긴장했다. 모래나 새하얘진 조개껍데기나 유리 조각이 뿜어내는 날빛의 칼끝에 찔릴 때마다, 난 사리물었다. 난 오랫동안 걸었다.

저 멀리, 햇빛과 물보라에 아롱대는 빛무리에 에워싸인 시커먼 바위가 조그맣게 보였다. 난 바위 뒤 차가운 샘이 생각났다. 계단을 오르는 고달픔과 여자들의 울먹임을 피하고 싶었던 난, 샘물의 속삭임을 다시 듣고 싶었고, 태양을 벗어나고 싶었고, 마침내 그늘을 찾아 쉬고 싶었다. 하지만, 더 가까이 다가갔을 때, 난 레이몽의 상대가 돌아와 있는 걸 보았다.

그는 혼자였다. 두 손을 목덜미에 괸 채, 등을 대고 누워 있었는데,

얼굴은 바위 그늘 속에, 몸통은 온통 태양 아래 있었다. 그의 작업복은 열기 속에서 뿌연 연기를 뿜어내고 있었다. 난 약간 당황했다. 내겐 이미 끝난 일이었고, 난 그걸 생각지도 않고 온 거였다.

　나를 보자마자, 그는 몸을 살짝 일으키더니, 한 손을 주머니에 집어넣었다. 당연히 나, 난 저고리에 있는 레이몽의 권총을 움켜쥐었다. 그때, 그는 주머니서 손을 빼지 않은 채, 다시 뒤로 물러났다. 난 그에게서 꽤 멀리, 십여 미터 떨어져 있었다. 순간순간, 나는 반쯤 감긴 그의 눈꺼풀 사이로 그의 시선을 감지했다. 하지만 거의 내내, 그의 모습이 내 눈앞에서, 불붙은 대기 속에서 어른거렸다. 파도 소린 정오 때보다 훨씬 더 나른하고, 훨씬 더 잠잠했다. 여전히 똑같은 태양이었고, 똑같은 모래 위에 똑같은 불볕이 여태껏 이어지고 있었다. 벌써 두 시간째, 낮이 정지되어 있었고, 두 시간째, 비등하는 금속성 바다에 닻을 내리고 있었다. 수평선에선 조그마한 증기선이 지나갔다. 아랍인을 계속해서 쳐다본 나머지, 내 시선 끝에 검은 반점이 어렸고, 난 그게 증기선이라 짐작했다.

　난 발길을 돌리기만 하면 된다고 생각했고, 그러면 끝날 터였다. 하지만, 태양에 진동하는 바닷가 전체가 내 등 뒤를 떠밀고 있었다. 난 샘을 향해 몇 발짝 내디뎠다. 아랍인은 꿈쩍도 하지 않았다. 어쨌든 아직은, 멀찌감치 있었다. 아마도 그의 얼굴에 드리운 그림자 때문에, 그가 비웃는 것처럼 보였다. 난 기다렸다. 태양의 불길이 내 볼때길 덮쳤고, 난 눈썹 위에 고이는 땀방울이 느껴졌다. 엄마의 장례를 치르던 날과 똑같은 태양이었고, 그날처럼 특히나 이마가 지끈댔고, 이마의 혈관들이 온통 살갗 아래에서 한꺼번에 요동치고 있었다. 이제 더는 참기 힘든 태양의 불길 때문에, 난 앞쪽으로 움직였다. 그게 어리석은 짓임을, 한 발짝 옮긴다고 해서, 태양에서 벗어날 수 없다는 걸, 난 알고 있었다. 하지만 난, 한 발짝, 단 한 발짝 앞으로 내디뎠다. 그런데 이번엔, 몸도 일으키지 않은 채, 아랍인이 칼을 꺼내더니, 태양 아래 있는 내게로 내밀었다. 햇빛이 칼에 부딪혀 내뿜는 빛살이 눈부신 기다란 칼날로 내 이마 찔러 댔다. 그와 동시에, 눈썹 위에 고여 있던 땀이 단방에 눈꺼풀 위로 흘러내려, 두툼하고 미지근한 너울로 눈꺼풀을 깡그리 덮어 버렸다. 소금기를 머금은 눈물막에 가려서, 난 눈앞이 캄캄했다. 단지 난, 내 이마 위 태양의 심벌즈 소리밖에 느끼지 못했고, 어렴풋이나마, 내 눈앞의 칼에서 내뿜는 눈부신 양날 검만이 느껴질 뿐이었다. 이 불타는 검이 속눈썹을 쏘아 대며, 쓰라린 내 두 눈을 후벼 파고 있었다. 바로 그때, 천지가 진동했다. 바다가 깊고 뜨거운 숨을 토해 냈다. 하늘 전체가 온통 열려서 불비를 퍼붓는 듯했다. 온몸이 팽팽히 긴장했고, 손은 권총을 꽉 쥐었다. 공이치기가 당겨졌고, 난 손잡이의 매끈한 복부를 만졌다. 바로 그때, 귀를 찢는 날카로운 소리와 더불어, 사달이 나고야 말았다. 난 땀과 태양을 흔들었다. 난 낮의 균형을 깨트렸고, 내가 행복했던 해변의 이례적인 침묵을 깨트렸음을 깨달았다. 그때 난, 사체에다 네 발을 더 발사했고, 총알은 흔적도 없이 깊이 박혀 버렸다. 그리고 그건 불행의 문을 두드린 네 번의 짤막한 노크 소리와도 같았다.

제2부

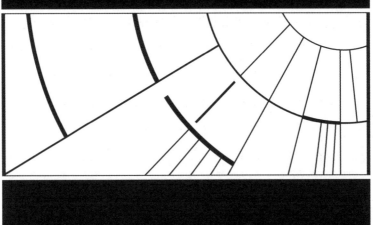

I

체포된 직후에, 나는 여러 차례 심문을 받았다. 하지만 인정신문이어서 시간이 오래 걸리진 않았다. 처음 경찰서에선, 내 사건이 누구의 관심도 끌지 못하는 듯했다. 그와 반대로, 일주일 후, 수사 검사는 호기심을 가지고 나를 쳐다봤다. 하지만 먼저, 이름과 주소, 직업, 생년월일, 출생지를 물었다. 이어서, 내가 변호사를 선임했는지 알고자 했다. 난 아니라고 하면서, 반드시 변호사를 선임해야 하는지 물었다. 그는 "왜요?"라고 되물었다. 난 내 사건을 아주 간단하게 여긴다고 대답했다. 그는 웃으면서 말했다. "그렇게 생각할 수도 있지요. 그런데, 법이라는 게 있어요. 당신이 변호사를 선임하지 않으면, 국선 변호사를 지명하게 될 거요." 사법기관이 그런 세세한 것까지 떠맡고 있다니, 난 참 편하다고 생각했다. 난 그에게 그렇게 말했다. 그는 내 말을 인정하더니, 법이 잘 돼 있다고 매조지었다.

처음에 난, 검사를 진지하게 여기지 않았다. 그는 커튼이 내려진 방에서 나를 맞았는데, 책상 위의 갓등만이 내가 앉은 의자를 비추고 있어서, 그 자신은 어두운 곳에 있었다. 난 예전에 책에서 비슷한 묘사를 읽은 적이 있어서, 전부 다 장난처럼 보였다. 하지만, 대화가 끝난 뒤 검사를 쳐다보니, 키가 훤칠하고 움푹 팬 푸른 눈에다, 길게 자란 잿빛 콧수염과 거의 백발에 가까운 머리털이 풍성해서, 세련된 용모의 남자임을 알았다. 내가 보기엔, 아주 합리적이었고, 이따금 입술을 삐죽이 내밀어 신경질 부리는 타성에도 불구하고, 한마디로 호감이 가는 사람이었다. 검사실을 나서면서, 난 손을 내밀어 악수까지 청하려다가, 내가 사람을 죽였다는 생각이 제때 떠올랐다.

이튿날, 변호사 한 명이 감옥으로 날 찾아왔다. 꽤나 젊은 변호사는 작은 키에다 통통했고, 머리털은 차분하게 두피에 달라붙어 있었다. 무더운 날씨에도(난 셔츠 차림이었다), 그는 칙칙한 양복을 입었고, 접힌 깃에다 굵은 흑백 줄무늬의 이상한 넥타이를 매고 있었다. 그는 팔에 끼고 있던 가방을 침대 위에 내려놓으며 자신을 소개했고, 내 서류를 검토해 봤다고 말했다. 미묘한 사건이긴 하지만, 내가 자길 믿어 주기만 하면, 성공을 의심치 않는다는 거였다. 내가 고맙다고 하자, 변호사가 말했다. "핵심 쟁점으로 들어갑시다."

변호사는 침대 위에 앉더니, 내 사생활에 관한 조사를 했다고 밝혔다. 어머니가 최근에 양로원에서 사망했다는 사실을 알게 됐다. 그래서 마랭고에 가서 탐문 수사를 했다. 수사관들은 엄마의 장례식 날 "내가 무심한 태도로 일관했다"는 사실을 파악했다. 변호사가 말했다. "이해하실 테지만, 이런 걸 물어보는 게, 약간 거북하긴 해요. 하지만, 이건 굉장히 중요해요. 내가 답변할 거릴 찾아내지 못하면, 검사 측엔 대단한 논거가 될 거요." 그는 내가 도와주길 바랐다. 그는 그날 마음이 아팠냐고 내게 물었다. 이 질문에 난 무척 놀랐다. 내가 그런 질문을 해야 할 처지였다면, 난 매우 난감할 것 같았다. 그렇긴 했지만, 난 혼자서 자문하는 습관이 조금 없어져서, 그 질문에 답하기가 어렵다고 대답했다. 아마도 난 엄말 정말 사랑했지만, 그건 아무런 의미가 없었다. 정상적인 사람들은 누구든지 사랑하는 사람들의 죽음을 다소간 바랐었다. 여기서 변호산, 내 말을 끊더니, 매우 흥분한 듯했다. 그는 수사 검사한테도, 공판 때도 그런 말을 하지 않겠다는 약속을 하라고 다그쳤다. 하지만 난, 생리적 욕구 때문에, 감정이 곧잘 저해되는 그런 천성이라고 해명했다. 엄마의 장례를 치르던 날, 난 너무 피곤해서 잠이 왔다. 그래서 무슨 일이 벌어지는지 알아차리질 못했다. 내가 단연코 할 수 있는 말은, 엄마가 죽지 않았더라면 더 좋았을 거였다. 하지만 변호산 떨떠름한 표정이었다. 그가 말했다. "그 정도론 안 돼요."

변호사는 궁리했다. 그는 그날 내가 본연의 감정을 억제했던 것이라고 말해도 되는지 물었다. 내가 즉답했다. "아니요. 그건 거짓말인데요." 변호사는 나를 이상하게 쳐다봤다. 마치 내가 약간의 혐오감을 부추기기라도 한 듯이. 그는 어쨌거나 양로원 원장과 직원들이 증인으로 나설 테고, "그러면, 내가 아주 심한 곤경에 몰릴 수 있다"고 심술부리듯 말했다. 난 그 일은 내 사건과 관련이 없다고 받아쳤지만, 변호사는 내가 법에 저촉된 적이 없는 게 뻔하다고 되받아칠 뿐이었다.

변호사는 화난 표정으로 떠났다. 난 그를 붙잡고서, 그의 호감을 얻고 싶다고, 내가 변호를 더 잘 받기 위해서가 아니라, 말하자면 천성적으로 그렇다고 해명하고픈 마음이 들었다. 특히, 내가 그를 불편하게 만든 게 역력했다. 그는 나를 이해하지 못했고, 조금은 나를 원망했다. 그래서 난, 내가 남들과 같은 사람이라고, 절대적으로 남들과 같은 사람이라고 단언하고 싶은 마음이 굴뚝같았다. 하지만 실은, 그런 게 다 별로 쓸데없는 짓이었고, 난 귀찮아서 그만뒀다.

얼마 지나지 않아, 난 다시 수사 검사한테 출두했다. 오후 두 시였는데, 이번엔 사무실이 망사 커튼에 살짝 가린 햇살로 가득했다. 몹시 더웠다. 검사는 날 앉히더니, "부득이한 사정으로 인해서", 변호사가 참석할 수 없게 됐다고 무척이나 정중하게 말했다. 하지만, 내겐 묵비권이 있고, 변호사가 입회할 때까지 기다릴 권리가 있다고 했다. 난 혼자서도 대답할 수 있다고 말했다. 검사는 손가락으로 책상 위의 버튼을 눌렀다. 젊은 서기가 들어와서 내 등 뒤께 자리했다.

우린 둘 다 의자에 편안히 앉았다. 심문이 시작됐다. 우선 검사는, 내가 과묵하고 내성적인 성격이라고 주변에서 말하더라고 운을 떼고선, 이에 대해 어떻게 생각하는지 알고자 했다. 내가 대답했다. "할 말이 별로 없기 때문이죠. 그래서 말이 없는 거죠." 검사는 첫 만남 때처럼 웃더니, 가장 그럴듯한 이유라고 인정하면서 덧붙였다. "하기야, 이건 전혀 중요한 게 아니에요." 그러곤, 입을 다문 채 나를 쳐다보다가, 불쑥 몸을 일으키더니, 황급히 내게 말했다. "내 관심을 끄는 건, 바로 당신이오." 난 이 말이 무슨 뜻인지 선뜻 이해가 잘 안 돼서, 아무런 대꾸도 하지 않았다. 검사가 덧붙였다. "당신의 행동에서 내가 이해할 수 없는 것들이 있어요. 당신이 내 이해를 도와주리라 확신해요." 난 하나부터 열까지 다 아주 간단하다고 말했다. 검사는 그날의 일을 다시 얘기해 보라고 다그쳤다. 난 그에게 이미 했던 이야길 되풀이했다. 레이몽, 백사장, 해수욕, 싸움질, 다시 백사장, 작은 샘, 태양 그리고 권총 다섯 발. 말끝마다 검사는 "좋아요, 좋아"라고 했다. 내 얘기가 널브러진 사체에 다다랐을 때, 검사는 "그래요"라면서 고개를 끄덕였다. 나, 난 그렇게 똑같은 이야길 반복하는 게 지겨웠고, 그토록 말을 많이 해 본 적이 없는 것 같았다.

잠시 침묵이 흐른 뒤, 검사는 자리에서 일어나더니, 나를 도와주고 싶다고, 내게 관심이 있다고, 신의 도움으로 나를 위해 뭔가 할 수 있을 거라고 말했다. 하지만 그 전에, 내게 몇 가지 질문을 더 하고 싶어 했다. 검사는 뜬금없이 엄마를 사랑했는지 물었다. 난 "예, 남들처럼요"라고 답했는데, 그때까지 정상적으로 타자 치던 서기가 키를 잘못 눌렀음이 분명했다. 왜냐면 당황한 나머지 뒤로 되돌아가야 했기 때문이었다. 여전히 뚜렷한 논리도 없이, 검사는 권총 다섯 발을 연달아 쐈는지 물었다. 난 곰곰이 생각하다가, 먼저 한 발을 쏘고 나서, 잠시 후에 나머지 네 발을 쐈다고 명확하게 얘기했다. 그러자 검사가 말했다. "왜 첫 발과 두 번째 발 사이에 기다렸죠?" 다시 한 번, 붉은 백사장이 눈에 선했고, 내 이마 위 태양의 불길이 느껴졌다. 하지만 이번엔, 아무 대답도 하지 않았다. 침묵이 이어지는 동안 내내, 검사는 흥분한 기색이었다. 그는 자리에 앉더니, 머리를 쥐어짜며 책상 위에다 두 팔꿈칠 박고 선, 기괴한 표정을 지으면서 내게로 상체를 약간 기울였다. "왜, 왜 땅바닥의 시체에다 발사했냔 말이오?" 이번에도 난 묵묵부답했다. 검사는 두 손으로 이마를 감싸고서, 살짝 상한 목소리로 질문을 거푸했다. "왜? 그 이유를 말해야만 해요. 왜?" 난 여전히 입을 다물고 있었다.

　　검사는 느닷없이 자리에서 일어나더니, 사무실 한쪽 끝으로 성큼성큼 걸어가서, 서류함의 서랍을 열었다. 그는 서랍에서 은십자갈 꺼내더니, 내 쪽으로 돌아오며 흔들었다. 그러곤 생판 다른 목소리로, 거의 떨리는 목소리로 부르짖었다. "이거, 당신 이거 알아요?" 난 "그럼요. 물론이죠"라고 답했다. 그러자 검사는, 아주 다급하게 그리고 열정적으로, 자긴 신을 믿으며, 어떤 인간도 신께서 용서하지 않을 만큼은 죄인이 아니라는 게 자신의 신념인데, 신의 용서를 받으려면, 인간이

회개를 통해 신의 은총을 오롯이 받아들일 마음의 준비가 된, 영혼이 텅 빈 아이와 같아야 한다고 말했다. 그는 책상 위로 온몸을 기울였다. 그는 얼추 내 머리 위에서 십자가를 흔들어 댔다. 사실 난, 검사의 논리를 제대로 따라잡지 못했는데, 뭣보다도 날씨가 더운 데다, 검사실의 큼지막한 파리들이 내 얼굴에 달라붙기 때문이었고, 또한 검사가 내게 약간 겁을 주기 때문이었다. 동시에 난, 그러는 검사가 우습다고 판단했다. 왜냐하면 어쨌거나 범죄자는 나였기 때문이었다. 그런데 검사가 계속 말을 이었다. 내가 대충 이해한 바로는, 검사의 생각엔, 나의 자백에 단 하나 난해한 점이 있는데, 두 번째 발을 쏘기 전에 내가 기다린 것이었다. 그 나머진 아주 명쾌했지만, 그 점만은 이해가 되지 않았다.

난, 그 점은 그다지 중요치 않기 때문에, 그렇게 버르집는 게 잘못이라고 말할 참이었다. 그런데, 검사가 내 말을 막고선, 꼿꼿이 선 채로, 마지막으로 나를 다그치며, 내게 신을 믿냐고 물었다. 난 아니라고 대답했다. 검사는 분기탱천하며 주저앉았다. 그는 그건 있을 수 없는 일이라고, 모든 인간이 신을 믿으며, 심지어 신의 얼굴을 외면하는 이들마저도 신을 믿는다고 맞받았다. 바로 그게 그의 신념이었고, 만일 그걸 추호라도 의심해야 한다면, 그의 삶은 의미가 없게 될 터였다. 검사가 부르짖었다. "당신은 내 삶이 의미 없길 바라는 거요?" 내 생각에, 그건 나와 상관없는 일이었고, 난 그에게 그렇게 말했다. 하지만 검사는, 책상을 가로질러 이미 내 코앞에다 예수님을 들이대고선, 터무니없게도 소릴 질러 댔다. "난 말이지, 난 기독교인이야. 난 네 잘못 때문에 예수님께 용서를 구하고 있어. 어찌 네가 예수님이 너 때문에 고통받은 걸 믿지 못할 수가 있냐구?" 검사가 내게 반말하고 있음을 똑똑히 알아챘지만, 난 넌더리가 났다. 더위가 점점 더 심해지고 있었다. 내가 듣는 둥 마는 둥 하는 누군가를 따돌리고 싶을 때면, 으레 그렇게 하듯이, 난 수긍하는 듯한 표정을 지었다. 놀랍게도 검사는 기고만장했다. "거봐, 거봐. 너 믿는 거잖아? 너 예수님께 의지하려는 거잖아?" 당연히 난, 거듭 아니라고 했다. 검사는 의자에 털썩 주저앉았다.

검사는 몹시 지친 표정이었다. 그는 한동안 말이 없었고, 그러는 사이에, 줄곧 대화를 따라오던 타자기가 계속해서 마지막 문장들을 이어 가고 있었다. 이윽고 검사는, 조금은 애절한 눈빛으로, 나를 찬찬히 쳐다보다가 중얼거렸다. "난 당신처럼 영혼이 메마른 사람은 한 번도 본 적이 없어요. 나한테 출두한 범죄자들은 이 고통의 이미지 앞에서 한결같이 눈물을 흘렸어요." 난 그건 바로 그들이 범죄자이기 때문이라고 대꾸할 참이었다. 그런데, 나 역시도 그들과 같다는 생각이 떠올랐다. 내가 길들지 못하는 생각이었다. 그때, 심문이 끝났음을 알리기라도 하듯이, 검사가 자리에서 일어났다. 단지 그는, 여전히 조금 지친 표정으로, 내 행위를 후회하는지 물었다. 곰곰이 생각해 본 끝에 난, 진정한 후회라기보다는 상당한 지겨움을 느낀다고 말했다. 난 검사가 나를 이해하지 못한다는 느낌이 들었다. 하지만 그날은 그것으로 끝났다.

그 뒤로도, 난 수사 검사를 자주 만났다. 단지, 매번 변호사가 입회했다. 앞선 진술 가운데 몇 가지 사항들을 명확히 해 두는 것으로 그치곤 했다. 그렇지 않을 땐, 검사가 기소 사유들을 놓고 변호사와 의논하곤 했다. 하지만 사실은, 그 당시 그들이 나를 걱정하는 건 결코 아니었다. 아무튼, 점차 심문하는 말투가 달라졌다. 검사는 이제 내게 관심이 없는 듯했고, 사실상, 내 사건을 이미 종결 처리한 듯했다. 그는 이제 더는 하느님 이야길 꺼내지 않았고, 난 그 첫날의 흥분하던 모습을 두 번 다시 보지 못했다. 결과는 우리의 대화가 훨씬 더 살가워진 것이었다. 몇 가지 질문이나 변호사와의 몇 마디 대화로 심문이 끝나곤 했다. 검사 자신의 표현에 따르면, 내 사건은 순조롭게 진행되고 있었다. 그래서 이따금, 대화가 통상적인 내용일 땐, 나를 끌어넣기도 했다. 난 숨통이 트이기 시작했다. 그런 시간엔, 아무도 날 괴롭히지 않았다. 매사가 다 너무나 당연하고, 너무나 흔쾌히 조율되고, 너무나 간결히 처리돼서, 난 "한통속이 된" 듯한 웃픈 느낌이 들곤 했다. 그리고 십일 개월에 걸친 수사가 끝난 지금, 난 말할 수 있다. 이따금 검사는 사무실 문까지 나를 배웅하면서, 내 어깰 툭툭 치며 살가운 표정으로 "오늘은 이것으로 끝났어요, 반-기독자 양반"이라고 말하곤 했는데, 난 그런 몇몇 순간 말곤 즐거웠던 적이 없어서, 나 자신이 놀랄 정도였다고 말이다. 그리곤 나를 교도관에게 인계했다.

II

내가 결코 언급하고 싶지 않던 일들이 있다. 감옥에 들어와서 며칠이 지나자, 난 내 삶의 이 부분에 대해선 언급하고 싶지 않으리란 사실을 깨달았다.

나중에 가서야, 난 그런 거부감이 대수롭지 않다고 생각했다. 사실, 처음 며칠 동안은, 내가 진짜로 감옥에 있는 게 아니었다. 막연하게나마, 난 뭔가 새로운 뜻밖의 일이 닥치리라 기대하고 있었다. 단지, 마리의 처음이자 유일한 면회 이후, 모든 일이 시작됐다. 마리의 편지를 받은 날부터(그녀는 내 아내가 아니라서, 더는 면회가 허용되지 않는다고 했다), 그날부터 난, 내 독방이 내 집이라고, 내 삶이 거기서 멈춰 버렸다고 절감하게 되었다. 체포 당일엔 우선, 이미 수감자가 여러 명 있는 감방에 나를 가뒀는데, 대부분 아랍인이었다. 그들은 나를 보며 낄낄댔다. 그리곤, 내게 무슨 짓을 했는지 물었다. 내가 아랍인 한 명을 죽였다고 하자, 그들은 입을 다물었다. 하지만 잠시 후, 저녁이 되었다. 그들은 내가 깔고 누울 돗자릴 어떻게 손봐야 하는지 설명했다. 한쪽 끝을 돌돌 말면, 베개가 되었다. 밤새 내내, 벼룩이 내 얼굴 위로 기어다녔다. 며칠 후, 난 독방에 따로 감금됐고, 나무 침상 위에서 잠을 잤다. 용변 통과 철 대야가 하나씩 있었다. 감옥이 도시 맨 위쪽에 있어서, 작은 창문을 통해 바다를 볼 수 있었다. 얼굴을 햇빛 쪽으로 내민 채, 철창에 매달려 있던 어느 날, 간수가 들어와 면회가 있다고 말했다. 난 마리라고 생각했다. 실제로 마리였다.

난 기다란 복도를 따라가다가, 계단을 거쳐, 마지막으로 또 다른 복도를 지나서 면회실로 갔다. 아주 널찍한 방으로 들어갔는데, 탁 트여서 환한 방이었다. 커다란 쇠창살 두 개로 길게 분할된 방은 세 칸으로 나뉘어 있었다. 두 쇠창살 사이엔, 팔에서 십 미터쯤 되는 공간이 있어서, 면회객과 죄수들을 분리하고 있었다. 내 맞은편에, 검게 탄 얼굴에 줄무늬 원피스 차림의 마리가 보였다. 내 쪽엔 십여 명의 수감자가 있었는데, 대부분 아랍인이었다. 무어인들에 둘러싸인 마리는 두 여성 면회객 사이에 있었다. 한 여자는 검은색 옷차림에 입술을 꼭 다문 왜소한 할머니였다. 다른 여잔 민머리에 뚱뚱했는데, 무척 요란한 몸짓을 해 가며 아주 큰 소리로 말하고 있었다. 쇠창살 사이의 거리 때문에, 면회객과 죄수들은 고성으로 말해야만 했다. 면회실에 들어서자, 아무 장식 없는 널따란 벽에 부딪혀 울리는 목소리의 소음 때문에, 그리고 하늘에서 유리창을 뚫고 들어와 방 안에서 반사되는 강렬한 햇살 때문에, 난 조금 어안이 벙벙했다. 내 독방은 훨씬 더 조용했고, 훨씬 더 어두웠다. 난 얼마가 지나서야 적응이 되었다. 그러자 이내, 환한 햇살에 도드라진 얼굴 하나하나가 선명하게 내 눈에 들어왔다. 두 쇠창살 사이의 낭하 끝에 앉아 있는 간수 한 명이 보였다. 아랍인 죄수들 대부분과 그 가족들은 서로를 마주보며 쪼그려 앉아 있었다. 그들은 소리를 지르지 않았다. 시끌벅적한 와중에도, 그들은 아주 나지막이 말하면서 알아듣고 있었다. 매우 낮은 저음에서 나오는 은은한 속삭임은, 그들의 머리 위로 오가는 대화에 비하면, 마치 계속 이어지는 첼로 연주와도 같았다. 난 이 모든 광경을 마리 쪽으로 향하면서 금세 분간했다. 이미 쇠창살에 찰싹 달라붙은 마린 내게 깜냥깜냥 미소 짓고 있었다. 난 마리가 아주 예쁘다고 생각했지만, 그 말을 하진 못했다.

마리가 아주 크게 말했다. "그래 어때?" "그래, 여기 있잖아." "잘 지내? 원하는 건 다 있어?" "그래, 다."

우린 입을 다물었고, 마린 줄곧 미소 지었다. 뚱뚱한 여자가 내 옆 사람을 향해 고래고래 소리쳤다. 아마도 남편인 듯했고, 순박한 눈매에 거구의 금발 사내였다. 이미 시작된 대화가 이어지고 있었다.

그 여자가 목청껏 외쳤다. "잔이 맡으려 하지 않아요." 남자가 말했다. "알았어, 알았어." "당신이 출소하면, 당신이 맡는다고 말했지만, 잔은 맡으려 하지 않아요."

마리 또한 레이몽이 내게 안부를 전한다고 소리쳤고, 난 "고마워"라고 했다. 하지만 내 목소린 옆 사람이 "건강은 하신가?"라고 묻는 말에 묻혀 버렸다. 그의 아내가 웃으면서 "지금처럼 건강하신 적도 없어요"라고 대답했다. 내 왼쪽 옆엔, 손이 가녀린 어린 청년이 있었는데, 아무 말이 없었다. 난 이 청년이 그 왜소한 할머니와 마주보고 있으며, 둘 다 뚫어지게 서로 쳐다보고 있음을 알아챘다. 하지만, 마리가 내게 희망을 가져야 한다고 소리쳤기 때문에, 그들을 더 오래 살펴볼 겨를이 없었다. 난 "그래"라면서 마리를 쳐다봤고, 원피스 위로 드러난 그녀의 어깨를 꼭 껴안고 싶었다. 난 그 얇은 천을 만지고 싶었고, 그것 말고 뭘 바라야 하는 건진 도통 알 수 없었다. 하지만 마리가 여전히 미소 짓고 있어서, 아마도 마리가 하고 싶은 말도 바로 그거였다. 내 눈엔 마리의 반짝이는 치아와 두 눈의 얇은 쌍꺼풀밖에 보이지 않았다. 마리가 다시 소리쳤다. "출소하면 우리 결혼해." 난 "정말?"이라고 답했지만, 그건 단지 그냥 하는 말이었다. 그러자 즉시 마리는, 여전히 큰 목소리로, 나와 결혼할 거라고, 내가 무죄 판결을 받을 테고, 다시 같이 해수욕을 할 거라고 말했다. 그런데 이번엔, 이웃 여자가 고래고래 소리치며 영치과에 바구니 하나를 맡겼다고 말했다. 그 여잔 바구니에 담은 것들을 일일이 주워대고 있었다. 돈이 많이 들었기 때문에, 반드시 확인해야 한다고 했다. 내 왼쪽 청년과 그의 어머닌 여전히 서로를 쳐다보고만 있었다. 아랍인들의 속삭임은 우리 말소리보다 낮게 이어지고 있었다. 밖은 햇빛이 항만에 부딪혀 부풀어 오르는 듯했다.

난 약간 편치가 않아서, 그만 자리를 떴으면 했다. 듣그러워서 불편했다. 하지만 다른 한편으론, 마리와의 상봉을 더 즐기고도 싶었다. 시간이 얼마나 지났는지 모르겠다. 마린 자기 일에 대해 말하면서 줄곧 생글댔다. 속삭임, 고성, 대화가 오가고 있었다. 침묵의 섬은 오로지 내 곁의 어린 청년과 늙은 모친에게 깃들어 있었는데, 두 사람은 서로를 쳐다보기만 했다. 아랍인 재소자들이 점차 빠져나갔다. 첫 사람이 나가자마자, 거의 모두가 입을 다물었다. 그 왜소한 노모가 쇠창살로 바짝 다가붙자, 바로 그때 간수가 아들에게 신호했다. 아들이 "다음에 봐요, 엄마"라고 하자, 노모는 쇠창살 사이로 한 손을 내밀어 느릿느릿 이어지는 가녀린 손짓을 했다.

노모가 나가자, 손에 모자를 든 한 남자가 들어와서, 그 자리를 차지했다. 남자 죄수가 들어오더니, 둘은 신나게 이야길 주고받았다. 하지만, 면회실이 다시 조용해져서 작은 소리로 말했다. 내 오른쪽 남자를 데리러 왔고, 그의 아낸 이제 소리 지를 필요가 없음을 알아채지 못한 듯이, 목소릴 낮추지 않고 말했다. "몸 간수 잘하고, 조심하세요." 이어서 내 차례가 되었다. 마린 내게 입맞춤 시늉을 했다. 난 면회실을 나서기 전에 뒤를 돌아다봤다. 마린 꼼짝하지 않은 채, 쇠창살에다 얼굴을 짓이기며 여전히 미소 짓고 있었지만, 으깨지고 일그러진 미소였다.

얼마 지나지 않아, 마리한테서 편지가 왔다. 바로 그때부터, 내가 결코 언급하고 싶지 않은 일들이 벌어졌다. 어쨌든, 아무것도 과장해선 안 되고, 내겐 다른 사람들에 비해 훨씬 더 쉬운 일이었다. 그런데, 수감 초기에 가장 고역은 내가 자유인마냥 생각하는 것이었다. 일테면, 어느 해변에선가 바다로 뛰어들고픈 욕망에 사로잡히곤 했다. 발바닥 아래로 밀려온 첫 파도의 부서지는 소리나, 내 몸뚱이가 입수해서 만끽하는 해방감을 상상하기만 해도, 그 즉시 감방의 벽이 얼마나 가까이 있는질 느끼곤 했다. 몇 달 동안은 그랬다. 그다음엔, 오로지 죄수로서의 생각밖에 없었다. 날마다 마당에서 하는 산책이나 변호사의 방문을 기다리곤 했다. 그 나머지 시간과는 아주 잘 타협했다. 그 당시엔 곧잘, 내 머리 위로 보이는 하늘의 꽃을 바라보는 것 말곤 다른 할 일 없이, 고목 줄기 속에서 살아야 할 처지라 해도, 난 점차 그 생활에 길들여질 거라고 생각했다. 내가 여기서 기이한 넥타이의 변호사를 기다리듯이, 아니면 바깥세상서 마리의 몸을 껴안기 위해 토요일까지 참고 기다렸듯이, 난 새들이 지나가거나 구름들이 상봉하길 기다렸을지도 몰랐다. 그런데 곰곰이 생각해 보니, 난 고목에 있지 않았다. 나보다 더 불행한 이들도 있었다. 하기야, 어떤 처지에도 누구나 이내 적응하기 마련이라는 건 엄마의 지론이었고, 엄만 이 말을 종종 되뇌곤 했었다.

게다가 난, 보통에서 그다지 많이 벗어나진 못했다. 처음 몇 달 동안은 무척이나 고달팠다. 하지만, 때마침 노력을 기울인 덕분에, 그 몇 달을 보낼 수 있었다. 일테면, 여자에 대한 욕정이 나를 괴롭혔다. 젊었기에 당연했다. 유독 마리만을 생각한 건 아니었다. 한 여자를, 여자들을, 나와 정을 통했던 여자들 모두를, 그녀들과 사랑을 나눴던 온갖 정황들을 너무나 떠올리다 보니, 내 독방이 별별 얼굴들로 가득해서 색욕으로 넘쳐 나곤 했다. 어찌 보면, 그건 나를 혼란에 빠트렸다. 하지만 달리 보면, 시간을 때워 주기도 했다. 마침내 난, 식사 시간에 주방 소년을 데리고 오는 간수장의 호감을 사게 되었다. 여자 얘길 먼저 꺼낸 것도 바로 그였다. 간수장은 다른 죄수들이 투덜대는 첫째가 바로 그거라고 했다. 난 나도 그들과 같다면서, 부당한 조처라 여긴다고 덧붙였다. 간수장이 말했다. "그런데 말이지, 바로 그것 때문에 당신들을 감옥에 넣는 거야." "뭐라구요? 그것 때문이라구요?" "그럼. 그렇고 말고. 자유란 게 바로 그런 거지. 당신네한테서 자유를 뺏는 거야." 난 그런 생각을 해 본 적이 없었다. 난 간수장의 말을 인정하면서 맞장구쳤다. "정말 그러네요. 그렇지 않으면야, 벌이라는 게 어디 있겠어요?" "그렇지. 자네, 자넨 사리가 밝구먼. 다른 죄수들은 그렇지 못해. 결국, 스스로 해결하고 마는 거지." 그러고 나서, 간수장은 자리를 떴다.

또한, 담배 문제도 있었다. 감옥에 들어오자, 허리띠와 구두끈, 넥타이, 주머니에 있던 모든 것들, 특히 담배를 압수당했다. 독방에 이감된 후, 난 담배를 돌려 달라고 요구했다. 그러나 그건 허락되지 않는다고 했다. 처음 며칠 동안은 굉장히 힘들었다. 아마도, 나를 가장 비참하게 만든 게 담배였다. 난 침대 판에서 뜯어낸 나뭇조각을 질근질근 씹어 대곤 했다. 온종일 계속되는 구역질에 시달려야 했다. 아무에게도 해가 되지 않는 건데, 왜 압수하는지 이해가 되지 않았다. 나중에 가서야 난, 그것 또한 형벌의 일부임을 깨달았다. 하지만 그땐, 담배를 피우지 않는 데에 길들었고, 내게 그런 벌은 이제 더는 벌이 아니었다.

이런 난감한 일들을 제외하면, 난 그다지 불행하지 않았다. 거듭 말하지만, 시간을 때우는 게 정말 문제였다. 기억을 되살리는 법을 터득한 순간부터, 마침내 조금도 지루하지 않았다. 이따금 난, 내 방을 떠올리곤 했는데, 한쪽 구석에서 출발해서 다시 돌아오기까지, 지나는 길에 있는 모든 것들을 머릿속으로 열거해 봤다. 처음엔 금방 끝났다. 하지만, 매번 다시 할 때마다, 조금씩 더 길어졌다. 왜냐하면, 가구 하나하나가 떠올랐고, 가구들 하나하나서도 거기에 들어 있는 물건 하나하나가 떠올랐고, 물건 하나하나서도 구석구석들이 낱낱이 떠올랐고, 그 구석들만 해도, 석회 찌꺼기나 벌어진 틈새 또는 이 빠진 테두리의 결이나 색깔이 떠올랐기 때문이었다. 그와 동시에 난, 내 목록의 순서대로 하나도 빼먹지 않고 완벽하게 열거하려 노력했다. 그 결과, 몇 주가 지났을 땐, 오로지 내 방에 있는 것을 열거하기만 해도, 여러 시간을 보낼 수 있었다. 그렇게 되자, 곰곰이 생각하면 할수록, 얕보거나 깜빡했던 사물들을 훨씬 더 많이 내 기억에서 끄집어내곤 했다. 그때 난, 단 하루를 살았던 사람이라 해도, 감옥에서 백 년을 거뜬히 살 수 있음을 깨달았다. 지루하지 않을 만큼 충분한 회상 거리가 있을 터였다. 어찌 보면, 이건 특혜였다.

또한, 수면 문제도 있었다. 처음엔, 밤잠을 설쳤고, 낮에는 한잠도 못 잤다. 차츰 밤잠이 나아졌고, 낮에도 잘 수 있었다. 마지막 몇 달은, 하루에 열여섯 시간에서 열여덟 시간을 잤다고 할 수 있다. 그러면, 나머지 여섯 시간은 세끼와 볼일, 회상하기와 체코슬로바키아인 이야기로 때웠다.

　실제로, 나는 침대 널판과 매트 사이에서 해묵은 신문지 조각을 발견했는데, 매트 천에 달라붙다시피 해서 노랗게 바래고 훤히 비치기까지 했다. 신문엔 사건 기사 하나가 실렸는데, 앞부분이 떨어져 나갔지만, 틀림없이 체코슬로바키아에서 벌어진 일이었다. 한 사내가 돈을 벌기 위해 체코의 시골 마을을 떠났다. 이십오 년 후, 부자가 된 그는 아내와 아이와 함께 돌아왔다. 어머니는 누이와 함께 고향 마을에서 여관을 하고 있었다. 어머니와 누이를 놀래 주려고, 그는 다른 여관에 아내와 아이를 남겨 두고 어머니네 여관으로 갔는데, 그가 들어갔을 때, 어머닌 아들을 알아보지 못했다. 장난삼아, 그는 방 하나 잡을 생각이 났다. 그는 돈을 과시했다. 밤중에, 누이와 어머닌 망치로 그를 죽이고 돈을 털고 나서, 강에다 시체를 버렸다. 이튿날 아침, 아내가 찾아와서, 그런 사실도 모른 채, 나그네의 신원을 밝혔다. 어머닌 목을 맸고, 누인 우물 속으로 뛰어들었다. 난 이 이야길 수천 번이나 읽었다. 한편으론, 사실 같지 않았다. 다른 한편으론, 당연지사였다. 어쨌든 난, 조금은 그 나그네가 그렇게 당해도 싸다고, 결코 장난쳐선 안 된다고 생각했다.

　수면 시간, 회상하기, 기사 읽기, 그리고 빛과 어둠의 교차와 더불어, 그렇게 시간이 흘렀다. 감옥에선 시간 개념을 잃고야 만다는 사실을 진정 깨닫게 되었다. 하지만 내겐, 시간 개념이 그다지 의미가 없었다. 그 전엔, 어떤 점에서 세월이 길고도 짧은질 깨닫지 못했었다. 아마도 살다 보면, 세월이 기나길긴 하지만, 너무나 늘어져 있어서, 결국 이런 날과 저런 날들이 이어지는 거였다. 그러다 보면, 세월이란 낱말조차 의미가 없었다. 내겐 단지, 어제 아니면 내일이란 낱말만이 의미가 있었다.

　어느 날, 내가 감옥에 들어온 지 다섯 달이 됐다고 간수가 말했을 때, 난 그 말을 믿었지만, 납득하진 못했다. 내 독방엔 줄곧 한결같은 나날이 이어질 뿐이었고, 난 똑같은 일을 계속하고 있었다. 그날, 간수가 떠난 후, 난 양철 반합을 들여다봤다. 내가 웃으려고 애쓰는데도, 내 모습은 사뭇 심각한 듯했다. 난 눈앞에다 대고 반합을 마구마구 흔들었다. 내가 웃는데도, 내 모습은 여전히 진지하고 침울한 표정이었다. 하루가 저물고 있었다. 내가 언급하고 싶지 않은 시간, 형언할 수 없는 시간이었다. 침묵의 행렬을 비집고 감옥의 모든 층에서 저녁의 소리들이 올라오는 시간이었다. 난 창문으로 다가가, 황혼빛에 다시 한번, 내 모습을 응시했다. 여전히 심각했다. 하긴, 놀랄 일도 아니었다. 그 순간, 나 자신이 그랬으니까. 그런데, 바로 그때, 몇 달 만에 처음으로, 내 목소리의 소릿결이 또렷또렷 들렸다. 난 그 소리가 이미 몇 날 며칠 전부터 귓가에 맴돌던 내 목소리임을 알아차렸고, 그동안 내내 혼자서 중얼댔음을 깨달았다. 그때, 엄마의 장례식 날 간호사가 했던 말이 떠올랐다. 그렇다. 빠져나갈 구멍이 없었다. 감옥의 저녁나절이 어떤진 아무도 상상하지 못한다.

III

실은, 아주 빨리 여름이 다시 왔다고 말할 수 있다. 첫더위가 몰려오면, 내게 뭔가 새로운 일이 닥칠 것임을 난 알고 있었다. 내 사건은 지방법원의 마지막 회기에 잡혀 있었는데, 이 회기는 유월에 끝날 예정이었다. 심리가 개시됐을 때, 법정 밖은 온통 태양으로 가득했다. 변호사는 심리가 이삼일을 넘기지 않을 거라고 확언하면서 덧붙였다. "하기야, 당신 사건은 이번 회기에서 가장 비중이 큰 사건이 아니어서, 재판부가 서두를 거예요. 직후에 열릴 존속살해 건이 있거든요."

아침 일곱 시 반에 나를 데리러 왔고, 난 호송차에 실려 법원으로 갔다. 교도관 두 사람이 나를 대기실로 안내했는데, 어둠 냄새가 풍기는 작은 방이었다. 우린 문 옆에 앉아서 기다렸다. 문 뒤론 사람 목소리, 호명 소리, 의자 소리, 그리고 온갖 야단법석 소리가 들렸는데, 음악회가 끝난 후, 춤을 추기 위해 홀을 정리하는 동네 축제를 연상케 했다. 교도관들이 재판부의 출정을 기다려야 한다고 말했고, 한 교도관이 담배를 권했으나, 난 거절했다. 잠시 후, 그 교도관이 "겁이 나지 않냐"고 내게 물었다. 난 아니라고 대답했다. 게다가 어떤 점에선, 재판을 구경하는 게 내겐 재밌기도 했다. 내 평생 단 한 번도 그럴 기회가 없었다. 다른 교도관이 말했다. "그래요. 하지만, 끝내 이골이 나고 말지요."

잠시 후, 대기실의 벨 소리가 나지막이 울렸다. 그제야, 교도관들이 내 수갑을 풀어 줬다. 그들은 문을 열고서, 나를 피고석으로 안내했다. 법정은 미어터질 듯했다. 발이 내려져 있었지만, 햇살이 군데군데 스며들어서, 공기는 이미 숨이 막힐 지경이었다. 유리창은 모조리 닫혀 있었다. 내가 자리에 앉자, 교도관들이 내 양쪽을 에워쌌다. 바로 그때, 내 전방에 줄지은 얼굴들이 보였다. 모두가 나를 쳐다보고 있었는데, 난 그들이 배심원임을 알아차렸다. 하지만, 무엇으로 그들이 각각 다른 사람임이 구분되는진 말할 수 없다. 단 한 가지 느낌만이 들었는데, 내가 전차의 기다란 좌석 앞에 있고, 그 익명의 승객들 모두가 방금 탄 승객을 염탐하며 조롱거릴 찾는 듯한 느낌이었다. 난 그게 어리석은 생각임을 잘 안다. 배심원들이 찾는 건 조롱거리가 아니라 범죄였으니까. 하지만 그 차이가 크지 않았고, 아무튼 그런 생각이 들었다.

또한, 그 닫힌 공간 안에 사람들이 워낙 많이 있어서, 난 약간 멍했다. 방청석도 바라봤는데, 얼굴들이 도무지 분간이 가지 않았다. 처음에 난 정말이지, 그 사람들 모두가 나를 보기 위해 몰려왔다는 사실을 깨닫지 못했던 것 같다. 평소엔, 사람들이 나라는 인물에 관심을 기울이지 않았다. 난 내가 이 모든 소란의 원흉임을 간신히 깨달았다. 내가 교도관에게 말했다. "웬 사람들이 이렇게 많아요!" 교도관은 신문사 때문이라면서, 배심원석 아래 테이블 곁의 한 무리를 가리켰다. 교도관이 말했다. "바로 저들이에요." 내가 물었다. "누구요?" 교도관이 재차 말했다. "신문사 말이에요." 그 무리엔 교도관이 아는 한 기자가 있었는데, 마침 그 기자는 교도관을 보자 우리 쪽으로 다가왔다. 약간 찌

푸린 얼굴이긴 하지만, 호감이 가는 장년 남자였다. 기자는 교도관과 아주 진하게 악수했다. 그 순간 난, 같은 부류의 사교계 사람들끼리 재회해서 즐거워하는 클럽에서 그렇듯이, 모두가 가까이 다가서서 이름을 부르며 대화하고 있음을 알아챘다. 그래서 난, 혼자서 속으로 타이르길, 내가 낄 데가 아님을, 약간은 불청객 같은 이상한 느낌이 들었다. 그런데 그 기자가 웃으면서 내게 말을 건넸다. 그는 재판이 다 내게 잘 풀리길 바란다고 말했다. 내가 고맙다고 하자, 기자가 덧붙였다. "아시겠지만, 우린 당신 사건을 살짝 뻥튀기했어요. 여름은 기삿거리가 궁한 철이거든요. 다룰 만한 거라곤, 당신 사건과 존속살해 사건밖에 없거든요." 그러곤, 방금 떠나온 무리에서 땅딸보 신사를 가리켰는데, 커다란 검정 뿔테 안경을 끼고 있어서, 통통하게 살이 찐 족제비 같았다. 기자의 말에 따르면, 빠리의 한 신문사 특파원이었다. "하긴, 당신 때문에 온 건 아니에요. 하지만 존속살해 재판을 취재하는 김에, 당신 사건도 함께 엮어 전송하라고 했다나 봐요." 이번에도 난, 다시 기자에게 고맙다는 인사치렐 할 뻔했다. 하지만 때마침, 실없는 짓일 거란 생각이 났다. 기자는 내게 살가운 손짓을 살짝 하고 나서 우리 곁을 떴다. 우린 몇 분을 더 기다렸다.

  법복을 입은 내 변호사가 다른 동료들에 대거 둘러싸여 도착했다. 그는 기자들에게 다가가서 여럿과 악수했다. 그들은 농담을 나누며 웃었고, 법정에 벨이 울릴 때까지, 너무나 편안한 듯했다. 모두가 제자리로 돌아갔다. 변호사는 내게로 와서 악수한 뒤, 묻는 질문에나 간략하게 답변하고, 먼저 나서지 말고, 나머진 자기에게 맡기라고 충고했다.

  왼쪽에서 의자 당기는 소리가 나더니, 붉은색 법복에다 코안경을 걸친, 훤칠하고 호리호리한 남자가 정성스레 법복을 접으면서 자리에 앉았다. 공판 검사였다. 정리가 재판부의 출정을 알렸다. 그와 동시에, 두 개의 커다란 통풍기가 부릉대기 시작했다. 판사 셋이 서류를 들고 입장했는데, 둘은 검은색 법복 차림이었고, 한 사람은 붉은색 법복을 입고 있었다. 그들은 방청석을 굽어보는 재판관석으로 서둘러 발걸음을 옮겼다. 붉은색 법복의 사람이 가운데 자리에 앉더니, 법모를 벗어 앞에다 내려놓고선, 손수건으로 자그만 대머릴 훔치고 나서, 공판이 개시됐다고 선언했다.

기자들은 벌써 손에 펜을 들고 있었다. 기자들 모두가 한결같이 냉담하고 살짝 비웃는 듯한 표정이었다. 하지만, 그들 가운데 한 기자는 훨씬 더 젊고, 파란 넥타이에 회색 모직 양복 차림으로, 앞에다 펜을 내려놓은 채 나를 쳐다보고 있었다. 약간 비대칭인 그의 얼굴에선 아주 맑은 두 눈만이 보였고, 그 맑은 눈으로 나를 유심히 뜯어보고 있었지만, 딱히 뭐라 단정할 만한 어떤 내색도 하지 않았다. 그래서 난, 나 자신이 나를 바라보는 듯한 이상한 느낌이 들었다. 아마도 그런 느낌 때문에, 또한 내가 법정의 관례를 모르기 때문에, 난 이어서 진행된 모든 절차를 제대로 이해하지 못했다. 일테면, 배심원 추첨, 재판장이 검사와 변호사 그리고 배심원단에 던진 질문들(매번 배심원들의 고개가 전부 동시에 재판부 쪽으로 향했다), 내가 아는 장소와 사람들의 이름이 열거된 기소장에 대한 간략한 낭독, 그리고 내 변호사에게 제기한 또 다른 질문들 말이다.

재판장이 증인들을 호명하려 한다고 선언했다. 정리가 호명한 이름들이 내 관심을 끌었다. 조금 전까지만 해도 윤곽이 흐릿하던 방청객들 가운데서 한 사람씩 일어나더니, 양로원 원장과 관리인, 또마 뻬레즈 영감, 레이몽, 마쏭, 쌀라마노, 마리가 옆문으로 사라졌다. 마린 내게 근심 어린 기색을 살짝 내비쳤다. 마지막으로 쎌레스트가 호명되어 자리에서 일어났을 때, 진작 그들을 알아보지 못한 데에 난 다시 놀랐다. 쎌레스트 옆엔 식당에서 만났던 그 작은 여인이 있었는데, 예의 그 재킷에다 단호하고 빈틈없는 표정이었다. 그녀는 나를 뚫어지게 쳐다보고 있었다. 하지만 재판장이 발언을 시작했기 때문에, 난 더 오래 생각해 볼 겨를이 없었다. 재판장은 이제 실질적인 심리가 개시될 것인 바, 굳이 방청객들에게 정숙해 달라고 권고하지 않아도 되리라 생각한다고 말했다. 재판장의 말에 따르면, 객관적인 입장에서 임하고자 하는 사건 심리를 공정하게 이끌기 위해, 자신이 그 자리에 있는 거라고 했다. 배심원단이 내리는 평결은 정의의 정신에 입각할 것이고, 여하간 아주 사소한 불상사라도 발생할 경우, 방청객들을 퇴장시킬 것이라고 했다.

더위가 심해져서 방청객들은 신문으로 부채질하고 있었다. 구겨진 신문지 소리가 나지막이 이어졌다. 재판장이 신호하자, 정리가 짚부채 세 개를 가져왔고, 판사 셋 다 즉시 부채를 부쳤다.

나에 대한 심문이 곧바로 시작됐다. 재판장은 침착하게, 심지어 내가 보기엔, 다정한 뉘앙스까지 풍기면서 나를 심문했다. 또다시 나의 신원을 밝히라고 했는데, 짜증이 나긴 했지만, 당사자 대신에 제삼자를 심판한다는 건 너무나 중차대한 일이므로, 실은 무척이나 당연하다고 생각했다. 이어서 재판장은 내 소행에 관한 이야길 시작했고, 세 마디마다 매번 "이것이 맞습니까?"라고 내게 물었다. 변호사의 지시에 따라, 난 매번 "예, 재판장님"이라고 대답했다. 재판장이 너무나 시시콜콜 얘기하는 바람에 길어졌다. 그러는 동안 내내, 기자들은 받아 적고 있었다. 난 기자들 가운데 가장 어린 기자와 그 작은 로봇 여인의 시선이 느껴졌다. 전차의 기다란 의자는 온통 재판장을 향해 있었다. 재판장은 기침하며 서류를 훑어보더니, 부채를 부치면서 내게로 시선을 향했다.

재판장이 내게 말하길, 겉으로 보기엔 내 사건과 무관하긴 하지만, 어쩌면 지극히 밀접하게 관련된 문제들을 이제 짚어 볼 참이라고 했다. 난 재판장이 또다시 엄마에 대해 얘기하려는 것임을 눈치챘고, 그와 동시에 내겐 얼마나 지겨운 일인질 직감했다. 재판장은 왜 엄마를 양로원에 맡겼는지 물었다. 난 엄마를 보살피고 돌보기엔 돈이 모자랐기 때문이었다고 대답했다. 재판장은 개인적인 부담이 컸는지 물었고, 난 엄마도 나도 서로에게 바라는 게 아예 없었고, 게다가 그 누구에게도 바라는 게 없었고, 우리 둘 다 새로운 생활에 길들었다고 대답했다. 그러자 재판장은, 이 문제에 대해선 이제 더는 연연하고 싶지 않다면서, 검사에게 다른 질문이 없는지 물었다.

검사는 내게 반쯤 등을 돌린 채로, 나를 보지도 않고서, 재판장님께서 허락하신다면, 아랍인을 살해할 의도로, 나 혼자 샘으로 돌아갔는지 알았으면 좋겠다고 선언했다. 난 "아니요"라고 대답했다. "그렇다면, 왜 무기를 지니고 있었고, 왜 하필이면 바로 그곳으로 되돌아간 것이죠?" 난 우연이었다고 대답했다. 그러자 검사는 고약한 말투로 토를 달았다. "지금으로선, 이쯤 해 두겠습니다." 그다음은 전부 다 약간 혼란스러웠다. 적어도 내겐 말이다. 그런데 몇 마디 밀담 끝에, 재판장은 증인신문을 오후로 넘기겠다며 휴정을 선언했다.

내겐 깊이 생각할 겨를이 없었다. 교도관이 나를 데려가 호송차에 태웠고, 난 감옥에 가서 점심을 먹었다. 잠시 후, 피곤함을 겨우 느낀 찰나, 교도관이 다시 나를 데리러 왔다. 공판이 재개됐고, 난 같은 법정,

같은 얼굴들 앞에 있었다. 단지 더위가 훨씬 더 심해졌고, 놀랍게도 배심원 전부, 검사, 내 변호사 그리고 몇몇 기자들 역시 짚 부채를 들고 있었다. 젊은 기자와 그 작은 로봇 여인도 여전히 그 자리에 있었다. 하지만 이 둘은 부채를 부치지 않았고, 묵묵히 그저 나를 쳐다보고 있었다.

난 얼굴에 흐르던 땀을 닦아 냈고, 양로원 원장을 호명하는 소리가 들렸을 때에야, 비로소 내가 법정에 있다는 사실을 조금이나마 다시 인지했다. 엄마가 나를 원망했냐는 질문에, 원장은 그렇다고 하면서, 친지들을 원망하는 건 다소 원생들의 기벽이라고 덧붙였다. 재판장이 엄마를 양로원에 맡겼다고 엄마가 나를 비난했는지 명확하게 밝히라고 하자, 원장은 다시 그렇다고 답변했다. 하지만 이번엔, 아무 말도 덧붙이지 않았다. 또 다른 질문에, 원장은 장례식 날 내가 냉정한 걸 보고 놀랐다고 대답했다. 냉정하다는 말이 무슨 뜻인지 묻자, 원장은 구두코를 내려다보고 나서, 내가 엄말 보려 하지 않았고, 단 한 번도 눈물을 흘리지 않았으며, 장례가 끝나자마자, 엄마의 무덤에서 묵상도 하지 않고, 곧바로 떠났다고 답변했다. 또 한 가지 다른 일 때문에 놀랐는데, 장의사 직원 하나가 내가 엄마의 나이를 모르더라고 말했다는 것이었다. 한동안 침묵이 흘렀고, 이어 재판장은 분명 나를 두고 하는 말이냐고 질문했다. 원장이 질문을 이해하지 못하자, 재판장은 "이건 명백한 사실이지요"라고 확인했다. 이어서 재판장은 증인에게 물어볼 질문이 없는지 검사에게 물었다. 검사는 "아, 아뇨. 없습니다. 이 정도로 충분합니다"라고 외쳤는데, 그 목소리가 너무나 우렁차고, 나를 노려보는 눈길이 너무나 기고만장해서, 이 사람들 모두가 얼마나 나를 미워하는지 절감했기 때문에, 몇 년 만에 처음으로, 난 바보같이 울고 싶은 마음이 들었다.

재판장은 배심원단과 변호사에게 질문이 없는지 묻고 나서, 양로원 관리인을 호명했다. 다른 증인들과 마찬가지로, 똑같은 절차가 반복되었다. 증인석으로 나오면서, 관리인은 나를 쳐다보다가 시선을 돌렸다. 관리인은 묻는 질문에 대답했다. 관리인은 내가 엄마를 보고 싶어 하지 않았고, 담배를 피웠고, 잠을 잤고, 까페오랠 마셨다고 진술했다. 그러자, 온 법정을 술렁이게 하는 뭔가가 느껴졌고, 처음으로 난, 내가 죄인임을 깨달았다. 관리인에게 담배와 까페오래 이야길 거푸하도록 했다. 검사는 빈정대는 눈빛으로 나를 노려봤다. 그때 변호사가 관리인에게 나와 함께 담배를 피우지 않았냐고 질문했다. 하지만, 이 질문에 검사가 격렬하게 항의했다. "지금 누가 범죄자입니까? 의심할 여지 없는 결정적인 증언을 폄하할 목적으로, 검찰 측의 증인을 폄훼하려는 저 수작이 도대체 뭡니까?" 검사의 항의에도 불구하고, 재판장은 관리인에게 변호사의 질문에 대답하라고 주문했다. 관리인은 당황한 기색으로 말했다. "제 잘못을 잘 알고 있습니다. 하지만, 저분이 제게 담배를 권해서 감히 거절하질 못했습니다." 마지막으로, 재판장은 내게 덧붙일 말이 아무것도 없는지 물었다. 내가 대답했다. "아무것도 없습니다. 단 한 가지, 증인 말이 옳습니다. 제가 증인에게 담배를 권한 것은 사실입니다." 그러자 관리인은 약간 놀라워하면서 고맙다는 듯이 나를 쳐다봤다. 관리인은 우물쭈물하다가, 까페오랠 내게 권한 건, 바로 자신이었다고 말했다. 변호사는 부산스레 의기양양하면서 배심원들께서 참작하실 것이라고 선언했다. 하지만 검사의 고성이 우리 머리 위로 쩌렁쩌렁 울려 퍼졌다. "예. 배심원님들께서 참작하실 것입니다. 배심원님들께선, 다른 사람은 커피를 권할 수도 있지만, 아들이라면 자기를 낳아 준 어머니의 시신 앞에선 거절해야 한다고 결론 내리실 겁니다." 관리인이 제자리로 돌아갔다.

또마 뻬레즈의 차례가 되자, 정리가 증인석까지 부축해야 했다. 뻬레즈 영감은 어머니를 유독 잘 안다면서, 나를 단 한 번밖에 보지 못했는데, 그게 장례식 날이었다고 말했다. 그날 내가 어떻게 했는지 묻자, 영감이 읍소했다. "이해하실 테지만, 저 자신이 너무 힘들었습니다. 그래서 아무것도 보지 못했습니다. 마음이 아파서 차마 볼 수가 없었습니다. 제겐 너무나도 큰 아픔이었기 때문입니다. 심지어 전 실신까지 했습니다. 그래서 저분을 쳐다볼 수 없었습니다." 검사는 적어도 내가 눈물을 흘리는 모습을 봤는지 물었다. 뻬레즈 영감은 보지 못했다고 대답했다. 그러자 이번엔, 검사가 말했다. "배심원님들께서 참작하실 것입니다." 하지만 내 변호사가 분개했다. 변호사는, 내가 보기에 과장된 어조로, 내가 눈물을 흘리지 않는 모습을 봤냐고 물었다. 뻬레즈 영감이 대답했다. "보지 못했습니다." 방청석에서 웃음이 터졌다. 그러자 변호사는 한쪽 소매를 걷어붙이며 단호한 어조로 선언했다. "자, 바로 이것이 이 재판의 실상입니다. 전부 다 사실이고, 어느 하나 사실인 게 없습니다!" 검사는 얼굴이 굳어졌고, 펜으로 소송 자료의 표제를 콕콕 찔러 댔다.

오 분간 휴정했을 때, 변호사는 재판이 다 최선으로 진행되는 중이라고 내게 말했다. 이어서 피고 측이 신청한 쎌레스트의 증언을 들었다. 피고는 바로 나였다. 쎌레스트는 간간이 내 쪽으로 시선을 보내며, 양손으로 파나마모잘 둘둘 말아 댔다. 쎌레스트는 어쩌다 일요일에 나와 함께 경마장에 갈 때 걸치던 새 양복을 입고 있었다. 하지만 구리 단추만으로 셔츠의 목을 채운 걸로 봐서, 깃을 덧달지 못했던 것 같다. 내가 단골이었냐는 질문에, 쎌레스트는 "예. 하지만 친구이기도 합니다"라고 대답했다. 나에 대해 어떻게 생각하는지 묻자, 내가 참사람이라고 대답했고, 그 말이 무슨 뜻이냐고 묻자, 다들 무슨 뜻인지 안다고 부연했다. 내가 내성적인 성격임을 아느냐는 질문엔, 쓸데없는 말을 하지 않는다고 인정했다. 검사가 밥값을 제때 냈냐고 묻자, 쎌레스트는 웃으면서 말했다. "그건 우리끼리의 사소한 문제입니다." 내가 저지른 범죄에 대해 어떻게 생각하는지도 물었다. 이때 쎌레스트는 증인대 위에다 두 손을 올려놓았는데, 미리 준비해 둔 뭔가가 있음이 역력했다. 쎌레스트가 말했다. "제가 보기에, 그건 불상사입니다. 불상사란 게 무엇인진 모두가 압니다. 어쩔 수가 없는 법입니다. 그렇습니다. 제가 보기에, 그건 불상사입니다." 쎌레스트가 계속하려 하자, 재판장은 잘했다고 하면서 감사하다고 덧붙였다. 그러자 쎌레스트는 약간 말문이 막혔지만, 그래도 발언을 더 하고 싶다고 피력했다. 재판장은 짧게 하라고 주문했다. 쎌레스트는 거듭 그건 불상사였다고 되풀이했다. 그러자 재판장이 받아 말했다. "예, 알겠습니다. 우리가 이 자리에 있는 이유가 바로 그런 불상사를 판단하기 위해섭니다. 증인께 감사드립니다." 자기 할 바를 다했다는 듯, 자신의 선의를 다했다는 듯, 쎌레스트가 내게로 시선을 돌렸다. 내가 보기에, 그의 두 눈엔 눈물이 글썽이고, 두 입술은 파르르 떨리는 듯했다. 쎌레스트는 이제 더 무엇을 어떻게 해야 할지 내게 묻는 듯한 표정이었다. 나, 난 아무 말도 하지 못했고, 아무런 제스처도 하지 못했지만, 내 생에 처음으로, 한 남자를 껴안아 주고픈 마음이 들었다. 재판장이 거듭 증인석에서 내려가 달라고 재촉했다. 쎌레스트는 방청석으로 가서 자리에 앉았다. 그 이후에도 공판이 진행되는 동안 내내, 쎌레스트는 상체를 약간 앞으로 숙인 채, 팔꿈칠 양 무릎에 대고, 양손으로 파나마모잘 만지작거리며, 오가는 말들을 경청하면서 그 자리에 앉아 있었다. 마리가 들어왔다. 마린 모자를 쓰고 있었고, 여전히 예뻤다. 하지만 난 풀머리 마리가 더 좋았다. 내 자리에서도, 마리의 두 젖무덤의 가벼운 무게가 감지됐고, 여전히 약간 부풀어 오른 아랫입술이 똑똑히 보였다. 마린 매우 바쁜 듯했다. 곧바로 마리에게 언제부터 나를 알고 지냈는지 물었다. 마리는 우리 회사에서 근무했던 시기를 명시했다. 재판장은 나와 어떤 사이인지 알고자 했다. 마리는 여친이라고 답했다. 다른 질문에, 마리는 나와 결혼할 예정인 게 사실이라고 답변했다. 자료를 훑어보던 검사가, 느닷없이, 언제부터 우리 관계가 시작됐냐고 물었다. 마리는 날짜를 명시했다. 검사는 냉랭한 표정으로 그날이 엄마가 죽은 다음 날인 것 같다고 지적했다. 이어서 검사는, 빈정대는 말투로, 미묘한 관계에 대해선 더 추궁하고 싶지 않고, 마리의 치심을 충분히 이해하지만, 자신의 의무를 다하기 위해선, 실례를 무릅써야겠다고 강변했다(이 대목에서 검사의 억양이 훨씬 더 딱딱해졌다). 그래서 검사는 내가 마리와 정을 통했던 그날 하루를 간략하게 요약하라고 마리에게 주문했다. 마린 말하고 싶지 않았지만, 검사의 끈질긴 요구에 굴복한 나머지, 해수욕, 영화 관람, 그리고 우리 집에 함께 왔던 사실을 얘기했다. 검사는, 수사 과정에서 마리가 했던 진술에 이어, 그날의 영화 프로를 조사했다고 말했다. 그리곤, 마리 자신이 당시 어떤 영화가 상영됐는지 밝힐 것이라고 덧붙였다. 결국 마린, 기어들어 가는 듯한 목소리로, 페르낭델의 영화였다고 밝혔다. 마리가 말을 마쳤을 때, 법정은 쥐 죽은 듯 고요했다. 그때 검사는 매우 심각한 표정을 지으며 자리에서 일어나더니, 내가 보기엔 정말이지 북받쳐 오르는 목소리로, 나에게 손가락질까지 하면서, 느릿느릿 또박또박 끊어 말했다. "배심원 여러분, 어머니가 돌아가신 다음 날, 저 인간은 해수욕을 하고, 부적절한 관계를 맺고, 코미디 영화를 보러 가서 낄낄댔습니다. 여러분께 더는 드릴 말씀이 없습니다." 법정엔 여전히 침묵이 흐르는 가운데, 검사가 자리에 앉았다. 그런데 갑자기, 마리가 오열을 터뜨리면서, 그게 아니라고, 다른 것도 있다고, 자기 생각과는 정반대의 진술을 하도록 강요당했다고, 자기는 나를 잘 알고, 내가 나쁜 짓이라곤 하나도 하지 않았다고 항변했다. 하지만 재판장이 신호하자, 정리가 마리를 데려갔고, 공판이 이어졌다.

이어서 기껏해야 들린 말은, 마쏭이 내가 정직한 사람이고, "게다가 덧붙이자면, 착한 사람"이라고 진술한 군말이었다. 또한 쌀라마노 영감의 증언이 겨우 들렸는데, 영감은 내가 개한테 잘해 줬다고 상기했고, 어머니와 나에 관한 질문엔, 내가 엄마에게 할 얘기가 하나도 없었다고, 그런 연유로 엄마를 양로원에 맡겼다고 진술했다. 쌀라마노 영감이 토로했다. "이해해야 합니다. 이해해야 합니다." 하지만, 그 누구도 이해하려는 기색이 아니었다. 정리가 쌀라마노 영감을 데려갔다.

이어서 마지막 증인으로, 레이몽의 차례가 되었다. 레이몽은 내게 가벼이 손짓하더니, 대뜸, 나에겐 죄가 없다고 말했다. 그러나 재판장은 레이몽에게 소견이 아니라 사실관계를 요구하는 것이라고 지적했다. 재판장은 묻는 질문에나 답변하라고 레이몽에게 권고했다. 레이몽에게 희생자와의 관계를 밝히라고 했다. 이 질문을 틈타서 레이몽은, 자신이 희생자 누이의 뺨따귈 때린 이후로, 희생자가 원한을 품었던 장본인은 바로 자기였다고 실토했다. 하지만 재판장은 희생자가 나한테 원한을 품을 이유는 없었는지 물었다. 레이몽은 내가 백사장에 있게 된 건 우연의 결과라고 대답했다. 그러자 검사는 사건의 발단이 된

편지를 내가 쓴 건 어떻게 된 영문인지 물었다. 레이몽은 그건 우연이었다고 대답했다. 그러자 검사는, 이 사건의 책임 소재와 관련해서, 우연이라는 놈이 벌써 많은 폐해를 낳았다고 받아쳤다. 레이몽이 정부의 따귀를 갈겼을 때 내가 개입하지 않은 게 우연이었는지, 내가 경찰서에 가서 증인으로 나선 게 우연이었는지, 게다가 이 증언 시의 내 진술이 순전히 환심을 사려는 의도로 밝혀진 게 우연이었는지 알았으면 좋겠다고 논박했다. 끝으로 검사는, 레이몽에게 생계 수단이 무엇인지 물었고, 레이몽이 "창고지기"라고 대답하자, 삼척동자도 알고 있듯이, 증인의 직업은 포주라고 배심원들에게 공표했다. 나는 레이몽의 하수인이자 친구였다. 더군다나 패륜아와 관련된 사건임을 가중하면, 지극히 저질의 추악한 사건이라는 것이었다. 레이몽이 반론을 제기하려 했고, 변호사가 항의했지만, 재판장은 검사가 말을 마치도록 그냥 두라고 했다. 검사는 "덧붙일 말이 거의 없습니다"라고 하고선, 레이몽에게 물었다. "피고가 증인의 친구입니까?" 레이몽이 대답했다. "예. 제 친굽니다." 검사가 내게 같은 질문을 하자, 난 레이몽을 쳐다봤는데, 레이몽은 시선을 돌리지 않았다. 내가 대답했다. "예." 그러자 검사는 배심원단을 향해 돌아서서 강변했다. "어머니가 사망한 다음 날, 너무도 추잡한 방탕에 빠졌던 바로 그 인간이, 딱히 그럴 만한 이유도 없이, 게다가 입에 담기조차 민망한 치정사건을 뒤치다꺼리하기 위해 살인을 한 것입니다."

검사가 자리에 앉았다. 하지만, 참다못한 변호사는 두 팔을 휘저으며 소리쳤고, 그러다 보니 양 소매가 내려오면서, 풀 먹인 셔츠의 주름이 훤히 드러났다. "결국, 어머니의 장례를 치렀기 때문에 기소된 것입니까? 아니면, 한 사람을 살해했기 때문에 기소된 것입니까?" 방청석에선 웃음이 터졌다. 그런데 검사가 다시 자리에서 일어나더니, 법복의 위용을 과시하면서, 존경하는 변호사님께서 천진난만하지 않고서야, 이 두 가지 사건 사이엔 심오하고 비장하고 근본적인 관계가 있음을 느끼지 않을 수 없을 것이라고 맞받았다. 검사가 격렬하게 소리쳤다. "그렇습니다. 본 검사는, 저 인간이 범죄자의 마음가짐으로 어머니의 장례를 치렀기 때문에, 기소하는 바입니다." 이 발언은 방청석에 상당한 파장을 일으킨 듯했다. 변호사는 어깨를 움찔하고 나서, 이마에 흐르던 땀을 닦았다. 변호사 자신도 흔들린 듯했고, 난 사태가 내게 불리하게 돌아가고 있음을 알아챘다.

증인신문이 끝났다. 법정을 나와 호송차에 오르면서, 일순간, 난 여름날 저녁의 냄새와 색깔을 감지했다. 구르는 감옥의 어둠 속에서도, 피곤의 늪에 빠진 듯, 난 내가 좋아했던 도시의 그리고 내가 만족감을 느끼기도 했던 시간대의 온갖 친숙한 소리들을 하나하나 다시 마주했다. 공기가 이미 한풀 꺾인 가운데 신문팔이들이 외치는 소리, 자그마한 공원에서 새들이 마지막으로 푸드덕거리는 소리, 샌드위치 장수들이 호객하는 소리, 도시의 언덕 굽잇길을 지나는 전차의 탄식 소리, 그리고 포구에 밤이 내리기 전 공중에 떠도는 소리, 이 소리들 전부가 다, 내가 감옥에 들어오기 전에 익히 알고 있던, 내가 눈 감고도 걸어가던 길거리를 재구성하고 있었다. 그렇다. 아주 오래전에 내가 만족하던 시간대였다. 그 당시 나를 기다리던 건 늘 가벼운 잠, 꿈도 꾸지 않는 잠이었다. 그런데 뭔가가 달라져 있었다. 왜냐하면, 다음 날을 기다리며, 내가 다시 찾은 곳은 바로 내 독방이기 때문이었다. 마치 여름 하늘에 새겨진 친숙한 길들이 감옥으로 인도할 수도, 무고한 잠으로 인도할 수도 있다는 듯이.

IV

비록 어느 피고석에 앉아 있다 해도, 자기에 대해 하는 말을 듣는 것은 언제나 재밌는 법이다. 검사의 논고와 변호사의 변론이 이어지는 동안, 나에 대해서, 아마도 내 범죄에 대해서보다도 나에 대해서, 훨씬 더 말이 많았다고 할 수 있다. 하기야, 검사의 논고와 변호사의 변론이 그리 달랐던가? 변호사는 두 팔을 휘저으며 유죄를 인정했지만, 감경 사유가 있다고 했다. 검사는 두 손을 내뻗어 유죄를 지탄하면서, 감경 사유가 없다고 했다. 그런데, 막연히나마 한 가지 때문에, 내 심기가 불편했다. 내 근심 걱정들은 접어 두고, 난 이따금 개입하려고 했으나, 그때마다 변호사가 내게 말했다. "잠자코 있어요. 당신 사건엔 그게 더 좋아요." 어찌 보면, 나를 쏙 빼놓고서 내 사건을 다루는 꼴이었다. 처음부터 끝까지, 내가 개입하지도 못한 채, 재판이 굴러가고 있었다. 내 의견을 반영하지도 않은 채, 내 운명이 결정되고 있었다. 이따금 난, 사람들의 말을 다 가로막고서, "아니, 도대체 누가 피고입니까? 피고가 된다는 건 대수로운 일입니다. 제게도 할 말이 있습니다"라고 항변하고 싶었다. 하지만 곰곰이 생각해 보니, 내겐 할 말이 하나도 없었다. 게다가 내가 인정하는 바, 사람들을 현혹해서 관심을 끌어 봐야 오래가지 않는 법이다. 이를테면, 검사의 논고에 난 금세 식상했다. 단지, 몇몇 제스처나 일부 구절들, 아니면 전체 맥락과는 동떨어진 장광설만이 내게 충격을 주거나 내 관심을 깨웠다.

내가 제대로 이해한 거라면, 검사의 기본 생각은 내가 범행을 사전에 계획했다는 것이었다. 적어도 그는 이 점을 입증하려고 주력했다. 검사 자신이 이렇게 말했다. "여러분, 제가 그 증거를 들겠고, 그것도 이중으로 증거를 대겠습니다. 우선, 너무나도 명명백백한 사실에 입각해서, 그리고 다음으로는, 저 사악한 영혼의 심리가 내비치는 암울한 관점에서 말입니다." 검사는 엄마의 죽음부터 시작해서 사실들을 요약했다. 나의 무심한 태도, 엄마의 나이조차 모르는 나의 무지함, 장례식 바로 다음 날, 한 여자와 함께한 해수욕, 영화 관람, 페르낭델, 그리고 끝으로 마리와의 동반 귀가를 일일이 되새겼다. 그런데 그때, 검사가 "그의 정부"라고 했기 때문에, 난 검사의 말을 얼른 알아듣지 못했는데, 내겐 그저 마리일 뿐이었다. 이어서 검사는 레이몽 이야기로 넘어갔다. 내가 보기에, 사태를 바라보는 그의 시각에 명료함이 결여되진 않았다. 그의 말은 그럴듯했다. 레이몽의 정부를 유혹해 "도덕성이 미심쩍은" 인간의 학대에 내맡길 목적으로, 내가 레이몽과 작당해서 편지를 썼다는 것이었다. 백사장에선 내가 레이몽의 상대들을 도발했다. 레이몽이 상처를 입었다. 내가 레이몽에게 권총을 달라고 했다. 나는 권총을 써먹으러 혼자서 되돌아왔다. 미리 계획했던 대로 아랍인을 살해했다. 나는 기다렸다. 그러곤 "마무리를 확실하게 지으려고", 침착하게, 실수 없이, 말하자면 숙고 끝에, 네 발을 더 발사했다.

검사가 말했다. "자 여러분. 범죄 행위인 줄 뻔히 알면서도, 저 인간이 저지른 살인 사건의 전말을 여러분 앞에서 되짚어 보았습니다. 이 점에 대해서 강조하는 바입니다. 왜냐하면 통상적인 살인이 아니기 때문입니다. 여러분께서 정상참작의 여지가 있다고 판단할 수도 있는 우발적인 행위가 아니라는 것입니다. 여러분, 저 인간 말이죠, 저 인간은 똑똑합니다. 여러분께서도 저 인간이 하는 말을 듣지 않았습니까? 저 인간은 대답할 줄도 알아요. 낱말의 가치를 알고 있어요. 그러니, 저 인간이 자신이 무슨 짓을 하는지도 모르면서 행동했다고 말할 수는 없습니다."

나, 나는 듣고만 있었고, 내가 똑똑하다는 말을 들었다. 하지만, 평범한 사람의 자질이 어떻게 어느 죄인에겐 결정적인 기소 사유가 될 수 있는진 선뜻 이해가 되지 않았다. 적어도 내가 충격받은 건 바로 그런 점이었고, 난 검사의 논고를 귀담아듣지 않고 있었는데, 비로소 그의 말이 귀에 들어왔다. "저 인간이 뉘우친다는 표현이라도 한 줄 아십니까? 여러분, 전혀 그렇지 않습니다. 수사 과정에서 단 한 번도, 저 인간은 자신이 저지른 흉악한 범죄에 된불 맞은 기색이 없었습니다." 그때 검사는 내게 손가락질하며 계속해서 나를 윽박질렀는데, 사실 난, 왜 그러는지 이해가 잘 가지 않았다. 아마도 난, 검사의 말이 옳다고 인정하지 않을 수 없었다. 난 내 행위를 그다지 후회하지 않았다. 하지만 그토록 지나치게 몰아치는 데에 난 경악했다. 나는 검사에게 뭔가를 정말로 후회해 본 적이 없다고, 솔직하게, 성심껏, 애써 해명하고픈 마음이 들었다. 난 늘 닥치는 대로 살았고, 오늘 아니면 내일에 얽매여 있었다. 하지만 당연하게도, 당시 내 처지에선, 누구에게도 그런 말본새로 털어놓을 수 없었다. 내겐 성심을 드러낼 자격도, 선의를 보여 줄 권리도 없었다. 이어서 검사가 내 영혼에 대해 언급하기 시작했기 때문에, 나는 다시 귀를 기울이려 노력했다.

검사는 내 영혼을 들여다보았는데, 배심원 여러분, 아무것도 찾아내지 못했다고 빈정댔다. 사실은 내게 영혼이란 것이라곤 전혀 없고, 인간적인 면이라곤 눈곱만큼도 없으며, 인간의 심성을 지켜 주는 도덕률이라곤 하나도 찾아볼 수 없었다고 했다. 검사가 덧붙였다. "아마도, 우리는 이에 대해 저 인간을 나무랄 순 없을 것입니다. 저 인간이 갖출 수 없던 게 결핍되어 있다고 해서, 우리는 이에 대해 한탄할 수도 없습니다. 하지만 본 법정의 경우, 너무도 해로운 관용의 미덕을 정의의 미덕으로, 쉽지는 않지만, 훨씬 더 고양된 정의의 미덕으로 승화해야만 합니다. 특히나, 저 인간에게서 발견하는 그런 심성의 공백이 이 사회가 함몰할 수도 있는 나락이 될 땐 말입니다." 이어서 검사는 엄마에 대한 내 태도에 관해 언급했다. 검사는 이미 했던 말을 반복했다. 하지만, 내 범죄에 대해 언급할 때보다 훨씬 더 장황하게 늘어놔서, 게다가 너무 오래 질질 끄는 통에, 결국 나는 그날 오전의 더위밖에 느끼지 못했다. 적어도, 검사가 말을 멈추고 잠시 뜸을 들이고선, 아주 낮게 깔리면서도 매우 자신만만한 목소리로, 다시 논고를 이어 갈 때까진 말이다. "여러분, 본 법정은 내일, 부친 살해라는 천인공노할 극죄를 심판하기로 되어 있습니다." 검사의 말에 따르면, 이 극악무도한 범죄 행위 앞에선 상상력마저도 물러선다는 것이었다. 검사는 인간의 정의가 가차 없이 엄벌하길 감히 바란다고 했다. 또한 감히 말씀드리거니와, 이 무도한 범죄가 부추기는 혐오감은, 나의 무심함 앞에서 통감하는 혐오감에 비하면, 약과나 다름없을 정도였다. 여전히 검사의 말에 따르면, 도의상 자기 어머닐 살해한 인간은, 자신의 씨를 뿌려 준 부친에게 필살의 손길을 휘두른 자와 꼭 마찬가지로, 인간 사회를 등지고 살았던 것이었다. 어쨌든, 전자가 후자의 행위를 초래한 것이고, 어찌 보면, 예고한 것이고, 게다가 정당화해 준다는 것이었다. 검사는 목소리를 높이면서 덧붙였다. "여러분, 본 검사가 확신하건대, 저 피고석에 앉아 있는 인간은, 본 법정이 내일 심판하게 될 살인죄에 대해서도 유죄라고 제가 말씀드린다고 해서, 여러분께서 제 생각이 지나치게 기발하다고 여기진 않을 것입니다. 결론적으로, 저 인간은 천벌을 받아 마땅합니다." 여기서 검사는 땀으로 번질거리는 얼굴을 닦았다. 끝으로 검사는, 자신의 의무가 힘겹지만, 단호하게 수행하겠다고 말했다. 검사의 논고에 따르면, 이 사회의 가장 기본적인 규범조차 모르는 나는 쓸모가 하나도 없고, 인간 심성의 초보적인 반응조차 외면하는 주제에, 인간의 마음에 호소할 순 없는 법이었다. 검사가 마무리했다. "본 검사는 여러분께 저 인간의 목을 요구합니다. 그것도 가벼운 마음으로 요구하는 바입니다. 왜냐하면, 지금까지 오랜 검사 생활 동안 여러 차례 사형을 구형한 바 있지만, 오늘처럼 성스럽고 절대적인 명령에 대한 책임감 때문에, 그리고 오로지 흉악한 모습밖에 보이지 않는 저 인간의 얼굴을 보면서 느끼는 혐오감 때문에, 이 벅찬 의무가 보상받고 보답받고 조명받는다고 느낀 적은 한 번도 없기 때문입니다."

검사가 다시 착석했을 때, 법정엔 한동안 꽤나 오랜 침묵이 흘렀다. 나, 난 덥기도 하고 놀라기도 해서 어리둥절했다. 재판장이 기침을 조금 하더니, 매우 가라앉은 어조로, 제기할 반론이 전혀 없냐고 내게 물었다. 나는 자리에서 일어났고, 그리고 말을 하고 싶었기 때문에, 하기야 조금은 되는대로, 아랍인을 살해할 의도가 없었다고 말했다. 재판장은 그건 하나의 주장일 뿐이라고 응수하면서, 지금까지 내 방어 논리를 제대로 파악하지 못하겠다며, 변호사의 변론을 듣기 전에, 내 행위가 유발된 동기를 명확하게 밝혀 주면 좋겠다고 주문했다. 나는 얼른, 조금은 두서없이, 그리고 가소로운 발언임을 인지하면서, 태양 때문이었다고 말했다. 방청석 곳곳에서 실소가 터졌다. 변호사는 어깨를 들썩했고, 곧이어 발언권을 넘겨받았다. 하지만 변호사는, 시간이 늦었고, 변론에 여러 시간이 필요하므로, 오후로 미뤄 달라고 요청했다. 재판부가 이에 동의했다.

오후에 커다란 통풍기들은 여전히 법정의 무거운 공기를 휘저었고, 배심원들의 색색의 작은 부채들은 모두 같은 방향으로 움직였다. 내가 보기에, 변호사의 변론은 도무지 끝날 것 같지 않았다. 하지만 어느 한순간, 변호사의 말에 귀가 번쩍 뜨였는데, 다음과 같이 말했기 때문이었다. "내가 살인을 한 것은 사실입니다." 그리고는 계속해서 그런 말투로, 나에 대해 언급할 때마다, "나"라고 하는 것이었다. 난 아연실색했다. 나는 교도관에게 몸을 기울여, 변호사가 왜 저러냐고 물었다. 교도관은 잠자코 있으라고 말하고선, 잠시 후 덧붙였다. "변호사들은 다 그렇게 하는 거요." 나, 나는 그것 역시 내 사건에서 나를 따돌리는 것이고, 나를 허수아비로 치부하는 것이고, 그리고 어떤 의미에선, 나를 대역하는 것이라고 생각했다. 하지만 난, 이미 이 법정에서 아주 멀리 떨어진 곳에 있었다고 생각한다. 게다가 내가 보기에, 변호사는 우스웠다. 변호사는 피해자 측의 도발을 아주 간략하게 제기하고 나서, 그 역시 내 영혼에 대해 언급했다. 하지만 내가 보기엔, 검사의 재능에 비하면 한참이나 모자랐다. 변호사가 말했다. "본 변호인 역시, 이 영혼을 들여다보았습니다만, 법무부의 훌륭한 대리인과는 달리, 저는 무엇인가 찾아냈고, 속속들이 파악했다고 말씀드릴 수 있습니다." 그가 파악한 바론, 내가 정직한 사람이고, 고용된 회사에 충실한 착실하고 바지런한 노동자이고, 모든 이들에게서 사랑받고, 남의 불행을 함께한다고 했다. 그가 보기에, 나는 능력이 닿는 한 오랫동안 어머니를 부양했던 모범적인 아들이었다. 결국 난, 내 능력으론 어머니에게 안겨 줄 수 없는 안락한 생활을 양로원이 제공해 주길 바랐다는 것이었다. 변호사가 덧붙였다. "여러분, 양로원을 두고 그토록 요란 떠는 걸 보면서, 전 놀랐습니다. 사실 결국, 이런 기관의 유용성과 중요성을 입증하라고 한다면, 바로 국가가 직접 지원하는 기관이라고 해야 할 것입니다." 단지 변호사는 장례식에 대해선 언급하지 않았는데, 내 느낌엔, 그게 그의 변론의 하자였다. 하지만 그 이틀 동안 꼬박, 그 무수한 시간 동안 내내, 내 영혼에 대해 이러쿵저러쿵 떠들었던 별의별 입방아질 때문에, 난 내 영혼이 오롯이 무색의 물처럼 돼 버리는 느낌이었다. 난 그 물에 빠져 현기증이 났다.

결국, 내 기억에 남아 있는 거라곤, 변호사가 변론을 이어 가는 동안, 사무실과 법정들의 온 공간을 가로질러서, 거리로부터 아이스크림 장수의 트럼펫 소리가 나한테까지 울려 퍼졌다는 것뿐이다. 이제 더는 내 소관이 아닌 삶, 지극히 초라하긴 하지만, 늘 한결같은 기쁨을 느꼈던 삶에 대한 추억들이 엄습했다. 이를테면, 여름 냄새, 내가 좋아하던 동네, 어떤 날의 저녁 하늘, 마리의 웃음과 원피스에 대한 추억들이었다. 그때 난, 이 법정에서 내가 온통 쓸데없는 짓거리만 하고 있다는 생각에 목이 메었다. 오로지 서둘러 하고 싶은 거라곤, 그만 끝내고 내 독방으로 돌아가 잠을 자는 것이었다. 기껏해야 내 귀에 들린 건, 마지막으로 변호사가 외쳐 대는 최후 변론이었다. 배심원들께선 한순간의 미망에 빠진 성실한 노동자를 죽음으로 내몰진 않으리라 요량하며, 내 죄에 대한 가장 확실한 징벌로 이미 영원한 회한에 빠져 있으니, 정상을 참작해 달라고 주문했다. 재판부가 휴정을 선언했고, 변호사는 탈진한 표정으로 자리에 앉았다. 동료 변호사들이 그에게로 다가와서 악수했다. "자네, 굉장해"라는 말이 들렸다. 심지어, 그들 가운데 한 사람은 나를 증인으로 삼고서 내게 물었다. "그렇지 않아요?" 난 고개를 끄덕이긴 했지만, 진심 어린 찬사는 아니었다. 너무나 피곤한 나머지, 고개를 끄덕였을 뿐이었다.

그런데 밖은 날이 저물고 있었고, 더위가 한풀 꺾여 있었다. 나는 거리에서 들려오는 몇몇 소리에 저녁나절의 감미로움을 감지했다. 법정에 있던 우리 모두 기다려야 했다. 우리가 함께 기다리는 건, 오로지 나와만 관련된 일이었다. 난 다시 법정을 둘러봤다. 전부 다 첫날과 똑같은 상태였다. 내 눈길이 회색 양복의 신문기자와 로봇 여인의 시선과 마주쳤다. 그러자, 공판이 진행되는 동안 내내, 내가 마리에게 눈길을 주지 않았다는 생각이 떠올랐다. 마리를 무시한 건 아니었지만, 내겐 할 일이 너무나 많았다. 레이몽과 쎌레스트 사이에 있는 마리가 보였다. 마린 내게 "마침내"라고 말하는 듯한 내색을 살짝 내비쳤고, 내가 보기에, 약간 근심스레 미소 짓는 얼굴이었다. 하지만 난, 가슴이 막혀서 마리의 미소에 화답조차 할 수 없었다.

재판이 속개되었다. 곧바로 배심원들에게 일련의 쟁점들을 낭독했다. "살인에 대해선 유죄" … "계획적인 범죄" … "정상참작"이라는 말이 들렸다. 배심원들이 밖으로 나갔고, 교도관들은 내가 이미 대기했던 작은 방으로 나를 안내했다. 변호사가 찾아왔다. 변호사는 무척 말이 많았고, 전에 없이 더욱 다정하고 더욱 자신만만히 말했다. 다 잘 될 것이며, 몇 년의 징역형이나 강제 노역형을 살면 끝날 것으로 생각하고 있었다. 불리한 판결의 경우에 파기의 기회가 있는지 내가 물었다. 변호사는 없다고 대답했다. 그의 전략은 변호인 의견서를 제출하지 않는 것이었는데, 배심원단의 반감을 사지 않기 위해서였다. 변호사는 아무런 이유 없이, 그냥 그렇게, 판결을 파기하진 못한다고 설명했다. 내가 보기에도 그건 지당했고, 난 변호사의 말에 동조했다. 냉정하게 사리를 따져 보면, 그건 너무나 당연했다. 그렇지 않을 경우, 쓸데없는 서류들이 남발될 터였다. 변호사가 내게 말했다. "어쨌든, 상고 절차가 있어요. 하지만, 좋은 결과가 나오리라 확신해요."

아주 오랫동안, 내 짐작엔, 사십오 분 가까이, 우린 기다렸다. 이윽고 벨이 울렸다. 변호사가 내 곁을 떠나면서 말했다. "배심원단의 대표가 평결문을 낭독할 거예요. 판결 선고 때나 당신을 들여보낼 거예요." 문들이 여닫히는 소리가 났다. 사람들이 계단에서 뛰어다녔지만, 가까이선지 멀리서인진 알 수 없었다. 이어서 법정에서 무엇인가 낭독하는 묵직한 목소리가 들렸다. 다시 벨이 울리고, 피고석의 문이 열렸을 때, 나를 맞이한 건 법정의 침묵이었다. 그 침묵, 그리고 그 청년 기자가 시선을 돌렸다고 확인했을 때, 내가 받은 그 기이한 느낌. 나는 마리 쪽을 쳐다보진 못했다. 그럴 겨를이 없었다. 왜냐하면, 재판장이 이상한 표현을 구사하며, 공공 광장에서 프랑스 국민의 이름으로, 내 목이 절단될 거라고 말했기 때문이었다. 그때 난, 모든 이들의 얼굴에 서린 감정이 내게 와닿는 듯했다. 내가 보기에, 그건 정녕 존중의 표현이었다. 교도관들은 내게 아주 다정했다. 변호사는 내 손목을 잡았다. 난 아무 생각이 없었다. 그런데 재판장이 덧붙일 말이 하나도 없냐고 내게 물었다. 나는 곰곰이 생각해 봤다. 난 "없습니다"라고 대답했다. 그때, 교도관들이 나를 데려갔다.

V

세 번째로, 나는 교화신부의 방문을 거절했다. 그에게 할 말이라곤 없고, 난 말을 하고 싶은 마음도 없다. 조만간 보게 될 것이다. 지금의 내 관심사는 기계장치를 모면하는 것, 피치 못할 상황에도 탈출구가 있지 않을까 알아보는 것이다. 내 독방이 바뀌었다. 이 방에선 드러누우면, 하늘이 보이는데, 오로지 하늘밖에 보이지 않는다. 낮에서 밤으로 이어지기까지, 하늘의 얼굴에서 퇴조하는 색채를 바라보는 게, 나날이 내 일과이다. 드러누운 채로, 두 손을 머리 아래 괴고서, 난 기다린다. 처형되기 직전, 경찰의 저지선을 뚫고 달아나, 그 무자비한 기계장치를 모면했던 사형수의 예가 있지 않을까 하고 혼자 공상했던 게, 도대체 몇 번인지 모르겠다. 그때마다 난, 사형집행 이야기에 충분한 관심을 기울이지 않았던 나 자신을 나무라곤 했다. 이런 문제엔 늘 관심을 가져야만 할 터다. 무슨 일이 닥칠지 결코 알 수 없는 법이다. 남들처럼 나도, 신문에서 현장취재 기사들을 읽은 적이 있다. 하지만, 미처 내가 호기심을 가지고 들춰 보지 못했던 전문 서적들이 분명 있을 터였다. 어쩌면 거기서, 여러 편의 탈출기를 찾아냈을지도 모른다. 적어도 한 번은, 도르래가 멈춰 버렸음을 알게 됐을지도 모를 일이다. 이런 예상을 도무지 뿌리칠 수 없는 가운데, 단 한 번은, 우연과 행운 덕에, 무엇인가 달라졌음을 알게 됐을지도 모른다. 한 번! 어떤 의미에선, 한 번이면 내겐 충분했을 것으로 생각한다. 그 나머진, 내 가슴이 감당했을 터였다. 신문에선 종종 이 사회에 진 빚을 거론하곤 했다. 신문에 따르면, 그 빚을 갚아야 했다. 하지만 그건 상상력에 와닿지 않는다. 중요한건, 탈출 가능성, 저 피도 눈물도 없는 의식 외부로의 일탈, 온갖 희망의 가능성을 열어 주는 광적인 도주였다. 당연히도 희망이란, 한창 달아나는 도중에, 날아오는 총알에 맞아, 길모퉁이서 고꾸라지는 것이었다. 하지만 곰곰이 따져 보니, 그 무엇도 내게 이런 사치를 허용하지 않았고, 내겐 그런 사치가 아예 금지됐고, 그 기계가 다시 나를 옥죄었다.

아무리 좋게 생각하려 해도, 난 이렇게 오만방자한 요지부동의 사태를 용인할 수가 없었다. 사실, 그런 사태를 자아낸 판결과 이 판결이 선고된 순간부터의 일사불란한 진행 사이엔, 터무니없는 불공정이 있었다. 선고가 십칠 시가 아니라 이십 시에 내려졌다는 사실, 전혀 다른 내용의 선고가 될 수도 있었다는 사실, 속옷을 갈아입는 사람들에 의해 선고가 내려졌다는 사실, 프랑스(또는 독일, 또는 중국) 국민이라는 막연한 개념을 담보로 선고가 내려졌다는 사실, 이런 사실들로 인해, 내가 보기엔 정녕, 그 판결의 진정성이 상당히 미흡한 듯했다. 하지만, 그런 판결이 내려진 순간부터 미치는 여파는, 내 몸뚱이를 짓이겨 대는 이 벽의 실재만큼이나, 확실하고도 심각하다는 사실을 인정하지 않을 수 없었다.

그러던 어느 때, 엄마가 들려준 아버지 이야기가 떠올랐다. 난 아버지를 본 적이 없었다. 아버지에 관해 내가 명확하게 아는 거라곤, 아마도 그때 엄마가 말했던 게 전부였다. 아버지는 어느 살인범의 처형식을 구경하러 갔다. 구경 갈 생각을 하니, 심란했다. 하지만 아버진 구경하러 갔고, 돌아와선 그날 오전 한동안 토했다. 그 당시엔, 아버지가 약간 역겨웠다. 이젠 이해가 갔다. 너무도 당연한 처사였다. 그 무엇도 사형집행보다 더 중요하지 않다는 사실을, 요컨대 사형집행이야말로 인간에겐 정말이지 유일한 관심사라는 사실을, 어찌 내가 진작 깨닫지 못했었단 말인가? 만에 하나 내가 출소하기라도 하면, 난 사형집행을 모조리 구경하러 갈 것이다. 아마도, 그런 가능성을 생각한 게 잘못이었다. 왜냐하면, 어느 꼭두새벽에 경찰의 저지선 뒤쪽에, 말하자면 맞은편 건너에, 자유의 몸으로 서 있을 나를 떠올리자, 보고 나서 나중엔 토할지도 모르는 구경꾼이란 생각이 들자, 오염된 기쁨의 파도가 내 가슴을 덮쳤기 때문이다. 그건 합리적인 생각이 아니었다. 그런 억측에 빠진 내가 잘못이었다. 왜냐하면 바로 직후에, 난 너무나도 끔찍하게 추워서, 이불을 뒤집어쓰고 오들오들 떨었기 때문이다. 난 주체할 수 없이 이를 덜덜 떨고 있었다.

하지만 당연히도, 늘 합리적일 순 없다. 어떤 때엔, 일테면, 나는 법안을 만들곤 했다. 형법 제도를 개혁하곤 했다. 앞서도 지적했듯이, 핵심은 사형수에게 한 번의 기회를 주는 것이었다. 천 명에 한 명꼴만으로도, 많은 문제를 해결하기에 충분했다. 그래서 내 생각엔, 환자(나는 사형수를 환자라고 생각했다)가 복용하면, 열에 아홉은 죽는 화합물을 찾아낼 수 있을 듯했다. 환자가 그걸 알아야 한다는 조건부로 말이다. 사실, 곰곰이 여러모로 생각해 보니, 냉정하게 사리를 따져 보니, 내가 판단하기에, 단두대의 결점은 단 한 번의 기회도, 절대적으로 단 한 번의 기회도 없다는 것이었다. 요컨대, 단연코 환자의 죽음은 이미 결정

돼 있었다. 이미 끝난 일이었고, 너무나 완벽한 화합물이었고, 번복할 수 없는 합의 사항이었다. 만에 하나 날이 빗나갈 경우, 다시 하면 됐다. 그러니 난감한 건, 기계가 제대로 작동하기만을 사형수가 바라야 하는 꼴이었다. 내 말은, 이게 바로 단두대의 결점이라는 거다. 어떤 의미에서, 이건 맞는 말이다. 하지만 다른 의미에선, 훌륭한 기획의 모든 비밀이 바로 거기에 있다는 사실을 인정해야 했다. 요컨대, 사형수는 정신적으로 동조해야만 했다. 사형수의 처지에선, 처음부터 끝까지 다 차질 없이 작동해야 이득이었다.

또한, 나는 여태까지 이와 관련해서 잘못 생각하고 있었다는 사실을 인정해야 했다. 나는 오랫동안, 왜 그런진 모르지만, 단두대로 가기 위해선, 처형대 위로 올라가야 하고, 계단을 올라가야 하는 줄로 알았다. 1789년의 대혁명 때문이었다고 생각한다. 내 말은, 이와 관련해서 어쩌다 보고 들은 모든 것 때문이라는 거다. 그런데 어느 날 아침, 장안을 떠들썩케 했던 사형집행 때, 신문에 게재된 사진 한 장이 기억났다. 사실은, 기계가 땅바닥에 그대로, 그지없이 소박하게 놓여 있었다. 내가 생각했던 것보다 훨씬 더 좁았다. 내가 이걸 진작 깨닫지 못했다니, 참 우스운 일이었다. 사진 속의 그 기계를 보며 섬뜩했던 까닭은, 완전 무결하고 번쩍거리는, 정교하게 제작된 그 겉모습 때문이었다. 모르는 것에 대해선 언제나 과장된 생각을 품기 마련이다. 그와 반대로, 나는 모든 절차가 단순하다는 사실을 인정해야 했다. 기계는 그 기계를 향해 걸어가는 사람과 같은 높이에 있었다. 사람을 만나러 걸어가듯이, 기계와 합류했다. 이것 또한 난감했다. 단두대를 향해 올라가는 거라면야, 하늘 높이로 승천하는 거라면야, 상상력이 끼어들 여지라도 있었다. 그러긴커녕 이번에도 역시, 기계가 상상력을 깡그리 뭉개 버렸다.

조금은 부끄러이, 하지만 너무나 드팀없이, 슬며시 죽임을 당하는 거였다.

또한, 내가 줄곧 생각하던 두 가지가 있었다. 새벽과 상고였다. 하지만 난, 이성적으로 사리 분별해서, 새벽과 상고를 생각하지 않으려고 분투했다. 난 드러누워 하늘을 바라보며, 하늘에 관심을 쏟으려고 주력했다. 하늘이 초록빛으로 변하고 있었다. 저녁나절이었다. 나는 거듭 애를 써서 생각의 흐름을 바꿔 보려 했다. 내 심장의 박동 소리에 귀를 기울였다. 그토록 하세월 전부터 나와 동행했던 이 소리가 영원히 멈춰 버릴 수도 있다는 사실이 상상이 가지 않았다. 내겐 진정한 상상력이 도통 없었다. 하지만 난, 이 심장의 박동이 이제 더는 이어지지 않을 그 순간을 머릿속으로 그려 보려 사력을 다했다. 그러나 헛수고였다. 새벽 아니면 상고가 떡하니 버티고 있었다. 끝내 난, 억지로 자제하지 않는 게 제일 현명하다고 다짐했다.

난 알고 있었다. 그들이 오는 건 새벽이었다. 결국 난, 새벽을 기다리며 온밤을 지새웠다. 난 졸지에 당하는 게 싫다. 내게 무슨 일이 닥칠 경우, 난 바로 그 자리에 입회하고 싶다. 그래서 끝낸, 낮에만 약간 잠을 잘 뿐, 밤새 내내, 하늘의 창에 빛이 솟기만을 끈질기게 기다렸다. 가장 힘든 건, 내가 알고 있는 그 시간, 통상적으로 그들이 실행하는 그 문제의 시간이었다. 자정이 지나면, 난 기다리며 망을 보곤 했다. 내 귀가 그토록 많은 소음을 감지하고, 그토록 미세한 소리를 분간해 본 적이 없었다. 하기야, 그런 기간 내내, 어쩌면 내겐 운이 따랐다고 할 수 있다. 왜냐하면 발소리가 한 번도 들리지 않았으니까. 엄마는 오로지 불행한 처지만 있는 건 아니라고 종종 말하곤 했었다. 감옥에 들어와서야 비로소 난 엄마의 말에 수긍이 가곤 했는데, 하늘이 붉게 물들면서 새날의 빛이 내 독방 안으로 쏟아질 때였다. 왜냐하면 얼마든지 발소리가 들릴 수도 있었고, 내 심장이 터질 수도 있었으니까. 비록 아주 작은 미끄러짐 소리에도 쏜살같이 문으로 달려가곤 했지만, 나무 문짝에다 귀를 찰싹 붙인 채 처절하게 기다리다 보면, 이내 나 자신의 숨소리가 들리고, 그 숨소리가 혁혁대고 있어서, 개가 헐떡이는 꼴과 너무나 비슷한 나머지 기겁하곤 했지만, 결국 내 심장은 터지지 않았고, 난 다시 스물네 시간을 번 셈이었다.

낮 동안은 내내 상고와 씨름했다. 난 이 씨름에서 최고의 묘안을 짜냈다고 생각한다. 내게 미칠 여파를 헤아려 보면서, 심사숙고 끝에 최선책을 끌어내곤 했다. 난 늘 최악의 가정을 했다. 즉, 상고가 기각됐다는 것이었다. "그래, 좋아. 그러니까, 죽으면 되잖아!" 남들보다 더 일찍 죽는 건 명백했다. 하지만 누구나 알다시피, 삶이란 건 살 만한 가치가 없다. 실은, 서른에 죽으나 일흔에 죽으나, 별반 다르지 않음을 난 알고 있었다. 왜냐하면, 당연히 두 경우 모두, 나머지 남녀들은 살아 있을 테고, 그렇게 수천 년 동안 이어질 것이기 때문이었다. 요컨대, 그 무엇도 이보다 더 명백하진 않았다. 지금이든 이십 년 후든, 죽는 건 언제나 나다. 그런 순간에, 내 추론에서 약간 난감한 건, 앞으로 이십 년이나 더 살 수도 있다는 생각에, 내 가슴이 미친 듯이 날뛰는 게 느껴지는 것이었다. 하지만 이십 년 후에, 어쨌거나 그때 가선, 내 생각이 어떨지를 그려 보면서, 그 광분을 억눌러야 했다. 어차피 죽는 건데, 어떻게 그리고 언제는 중요치 않았다. 이건 명백했다. 그러니까(그리고 난 제는, 이 "그러니까"가 추론에서 상징하는 의미를 하나도 놓치지 말아야 한다는 거였다), 그러니까, 난 내 상고의 기각을 받아들여야 했다.

그때서야, 오로지 그때서야, 굳이 말하자면, 내게 권리가 있었다.

내가 사면됐다는 두 번째 가설을 검토할 권리 말이다. 사실상, 나 독단으로 이 가설을 용인한 셈이었다. 난감한 건, 몸과 피가 격렬하게 요동치며 미칠 듯한 기쁨으로 두 눈을 짜릿하게 적시는 통에, 그 격정을 억눌러야 했다. 그 아우성을 가라앉혀 이성으로 다스리려 골몰해야 했다. 이 두 번째 가설에서도 내가 태연해야만, 첫 번째 가설을 훨씬 더 실질적으로 감수할 수 있었다. 그렇게 됐을 때, 난 한 시간 동안은 평온했다. 그래도 이건 높이 살 만했다.

그렇게 평온하던 어느 때, 나는 다시 한 번 교화신부의 방문을 거절했다. 난 드러누워 있었고, 하늘이 노랗게 물들자, 여름날 저녁이 다가왔음을 감지했다. 난 방금 상고를 기각했고, 몸 안에서 일정하게 순환되는 피의 물결을 느낄 수 있었다. 신부를 만날 필요가 없었다. 무척이나 오랜만에 처음으로, 마리 생각이 났다. 그녀가 내게 편지를 안 쓴 지도 오래됐다. 그날 저녁, 난 곰곰이 생각해 봤다. 아마도 마리가 사형수의 정부 신세에 지쳤을지 모른다고 생각했다. 어쩌면 마리가 아프거나 죽었을지 모른다는 생각도 들었다. 얼마든지 그럴 수도 있는 일이었다. 어찌 내가 그걸 알겠는가? 이젠 떨어져 있는 이 두 몸 말곤, 우리를 이어 주고 서로를 떠올릴 게 그 무엇도 없으니 말이다. 하기야, 그 순간부터 마리에 대한 추억에 냉담해졌는지도 몰랐다. 죽었다 한들, 이젠 내 관심 밖이었다. 난 그게 당연하다고 생각했다. 내가 뻔히 알고 있듯이, 내가 죽고 나면, 사람들이 나를 잊어버리는 것과 마찬가지 이치였다. 그들은 이제 나와 아무런 관계가 없었다. 그런 생각을 한다는 게 괴로웠다고 말할 건더기조차 없었다.

바로 그때, 교화신부가 들어왔다. 신부를 보자, 난 약간 움찔했다. 그걸 눈치채고서, 신부는 내게 겁먹지 말라고 했다. 난 그에게 노상 적절치 못한 때를 골라 찾아온다고 핀잔했다. 신부는 오롯이 우애로운 방문으로 상고와는 전혀 무관하고, 상고에 대해선 일절 알지 못한다고 받아넘겼다. 신부는 침대에 앉더니, 자기 곁에 앉으라고 청했다. 난 거절했다. 그래도 난, 신부가 매우 인자한 인상이라 여겼다.

신부는 두 팔뚝을 양 무릎 위에 올려놓고선, 고개를 숙인 채, 두 손을 바라보며 한동안 앉아 있었다. 양손은 가녀리면서도 근육질이어서, 민첩한 두 마리 벌레를 연상케 했다. 신부는 양손을 천천히 비벼 댔다. 그러곤 여전히 고개를 숙인 채로, 너무나 오랫동안 그렇게 앉아 있어서, 한순간, 난 신부를 잊어버린 듯한 느낌이었다.

그런데 신부가 불쑥 고개를 들더니, 나를 정면으로 쳐다보며 말했다. "내 방문을 왜 거절했지요?" 난 신을 믿지 않는다고 대답했다. 신부는 내가 그걸 정말로 확신하는지 알고자 했다. 그래서 난, 그건 물어볼 필요조차 없다고 말했다. 내가 보기엔, 쓸데없는 질문이었다. 이 말에 신부는, 뒤로 벌러덩 나자빠지더니, 벽에다 등을 기대고선, 양손을 허벅지 위에 가지런히 올려놓았다. 그러곤, 나한테 말하는 게 아니라는 듯한 투로, 때론 사람들이 자신을 확신하기도 하지만, 사실은 그렇지 못하다고 맞받았다. 난 아무 말도 하지 않았다. 신부가 나를 쳐다보며 물었다. "어떻게 생각해요?" 난 그럴 수 있다고 대답했다. 어쨌든 난, 실제로 내 관심을 끄는 게 무언진 아마도 확신할 수 없지만, 내 관심을 끌지 않는 게 무엇인진 전적으로 확신한다고 말했다. 그리고 마침, 신부가 지금 하는 말이 바로 내 관심을 끌지 않는 거였다.

신부는 시선을 돌리더니, 여전히 자세를 바꾸지 않은 채로, 지나친 절망에 빠져서 그런 말을 하는 게 아닌지 물었다. 난 절망에 빠진 게 아니라고 해명했다. 단지 난 두려울 뿐이고, 그건 너무나 당연했다. 신부가 참견했다. "그렇다면, 신께서 도와줄 거예요. 자네 같은 처지에서 나와 만났던 사람들은 모두 다 하느님께 귀의했어요." 난 그건 그들의 권리라고 인정했다. 또한 그건 그들에겐 그럴 시간이 있다는 증거였다. 나로선, 누가 나를 도와주길 바라지 않고, 마침 그러고 보니, 내 관심을 끌지 않는 것에 관심을 기울일 만한 시간이 내겐 없었다.

그때, 신부는 잔뜩 짜증 섞인 손사랠 치고 나서, 상체를 곧추세우더니, 사제복의 주름을 가지런히 다듬었다. 다 다듬고 나선, 나를 "내 친구"라 부르며 말했다. 내가 사형수여서 그렇게 말하는 건 아니고, 그의 생각엔, 우리 모두 사형수였다. 난 신부의 말을 끊고서, 그건 같은 게 아니라고, 게다가 어쨌거나, 그런 말이 위안이 될 수 없다고 받아쳤다. 신부는 인정했다. "물론이네. 하지만 자네가 오늘 죽지 않는다고 해도, 나중엔 죽게 될 거 아닌가. 그때도 똑같은 질문이 제기될 걸세. 이 끔찍한 시련에 자네는 어떻게 대처하려는가?" 난 이 순간에 대처하는 바로 그대로 대처할 거라고 맞받았다.

이 말에 신부는 자리에서 일어나더니, 내 두 눈을 똑바로 쳐다보았다. 내가 익히 아는 놀이였다. 나는 종종 에마뉘엘이나 쎌레스트와 이 놀이로 장난치곤 했는데, 대개 그들이 먼저 시선을 돌리곤 했었다. 신부 역시 이 놀일 잘 알고 있었고, 난 즉시 그걸 알아챘다. 신부의 시선은 흔들리지 않았다. 그리고 목소리 또한 떨리지 않은 채, 내게 말했다. "그러니까, 자네는 아무런 희망도 없고, 자네의 일체가 고스란히 다 사라질 거라는 생각으로 사는가?" 난 "예"라고 답했다.

그러자 신부는 고개를 떨구고서 다시 자리에 앉았다. 그는 내가 가엾다고 했다. 그는 그건 인간이 감당할 수 없는 일이라고 했다. 나, 난 단지 신부가 귀찮게 굴기 시작한다고 느꼈다. 이번엔 내가 돌아서서 지붕창 아래로 갔다. 난 벽에다 어깨를 기댔다. 그의 말을 잘 따라잡진 못했지만, 신부가 내게 다시 묻기 시작하는 목소리가 들렸다. 신부는 초조하고 절박한 목소리로 말하고 있었다. 난 신부가 달떴음을 눈치챘고, 그래서 그의 말이 더 잘 들어왔다.

신부는 상고가 접수될 것으로 확신한다고 말했다. 하지만 내가 죄의 짐을 지고 있기에, 그 짐은 벗어야 한다고 했다. 신부의 말에 따르면, 인간의 정의는 아무것도 아니고, 신의 정의가 전부였다. 난 내게 사형을 선고한 건 인간의 정의라고 받아쳤다. 그렇다고 해서, 인간의 정의가 내 죄를 씻어 준 건 아니라고 신부가 되받았다. 난 죄라는 게 뭔지 모른다고 되받아쳤다. 단지 내가 죄인이란 사실만을 알려 줬을 뿐이었다. 난 죄를 지었고, 그 대가를 치르고 있었고, 나한테 그 이상 더 아무것도 요구할 수 없었다. 그때, 신부가 다시 자리에서 일어났고, 내 생각엔, 너무도 좁은 이 독방에선, 그가 움직이고 싶어도, 선택의 여지가 없었다. 앉거나 아니면 서야만 했다.

난 바닥을 뚫어지게 쳐다보고 있었다. 신부가 내게로 한 발짝 떼더니, 마치 감히 더 다가서지 못하기라도 하듯 멈춰 섰다. 신부는 철창 너머로 하늘을 물끄러미 바라보다가 내게 말했다. "내 아들아, 자네가 잘못 생각하는 걸세. 자네한테 그 이상을 요구할 수도 있는 걸세. 아마도 그 이상을 요구할 걸세." "도대체 뭘 말입니까?" "자네에게 똑똑히 보라고 요구할 수 있다는 걸세." "뭘 보라는 겁니까?"

신부는 사방을 쭉 훑어보고 나서, 내가 보기에, 뜬금없이 몹시 지겨운 목소리로 응수했다. "이 돌들이 다 고통의 땀방울을 흘리고 있네. 나는 그걸 알고 있네. 나는 마음 편히 저 돌을 바라본 적이 없네. 진심으로 말하네만, 나는 알고 있네. 자네들 중에서도 가장 비참한 이들은,

이 암흑의 돌에서, 신의 얼굴이 나타나는 것을 보았다고 말이네. 자네한테 보라고 하는 게, 바로 이 신의 얼굴이네."

난 살짝 열에 받쳤다. 난 이 벽들을 쳐다본 지 몇 달째라고 맞받았다. 내가 이 세상에서 이보다 더 잘 아는 거라곤 아무것도 아무도 없었다. 아마도 아주 오래전엔, 거기서 얼굴 하나를 찾으려 했었다. 하지만 그 얼굴은 태양의 빛깔과 욕망의 불꽃을 품은 얼굴이었다. 그건 바로 마리의 얼굴이었다. 아무리 마리의 얼굴을 찾으려 해 봐야 헛일이었다. 이젠 더 찾지도 않았다. 아무튼 난, 저 땀 흘리는 돌에서 불현듯 나타나는 얼굴은 하나도 보지 못했다.

신부는 슬픈 듯이 나를 쳐다봤다. 이제 난 벽에다 오롯이 등을 기댔고, 햇빛이 내 이마 위로 쏟아져 내리고 있었다. 신부가 몇 마디 했지만, 난 알아듣지 못했다. 신부가 나를 안아 줘도 되겠냐고 다급스레 물었다. 난 "아니요"라고 거부했다. 신부는 돌아서서 벽 쪽으로 걸어가더니, 벽에다 한 손을 천천히 갖다 댔다. 신부가 중얼거렸다. "그러니까, 자네는 그토록 이 현세를 사랑하는가?" 난 아무 대꾸도 하지 않았다.

신부는 한참 동안 등을 돌린 채 서 있었다. 그가 귀찮고 성가셨다. 난 그에게 그만 가 달라고, 날 내버려 두라고 말할 참이었는데, 신부가 나를 향해 돌아서면서 느닷없이 떠나갈 듯 소리쳤다. "아니, 난 자넬 믿을 수가 없네. 확신하건대, 자네도 내세의 삶을 희구했던 적이 있을 걸세." 난 당연하다고 대답했다. 하지만 그건 부자가 되길 바라거나, 아주 빨리 헤엄치길 바라거나, 훨씬 더 잘생긴 입술을 바라는 것 이상으로 중요하진 않았다. 같은 차원이었다. 하지만 신부가 내 말을 끊더니, 내가 이 내세의 삶을 어떻게 보는지 알고자 했다. 그러자 난 그에게 악을 썼다. "이 현세의 삶을 곱씹을 수 있는 삶이라니까요!" 그러곤 즉시, 이젠 진저리가 난다고 말했다. 신부가 하느님 이야길 더 하려고 했지만, 나는 그에게로 다가서서, 마지막으로, 내겐 시간이 얼마 남지 않았다고 터놓으려 했다. 난 그 시간을 신과 함께 허비하고 싶지 않았다. 신부는 화제를 돌리려고, 왜 자길 "내 아버지"라 부르지 않고 "아저씨"라 부르는지 물었다. 이 말에 난 열받아서, 내 아버지가 아니라고 응수했다. 그도 남들과 한통속이었다.

신부가 내 어깨 위에 한 손을 얹고서 말했다. "아니네, 내 아들아. 난 자네 편이네. 그런데 자넨 말이지, 자넨 마음의 눈이 멀어서, 그걸 모르는 거네. 자넬 위해 기도하겠네."

그때, 왜 그런진 모르지만, 내 안에서 무엇인가 폭발했다. 난 목이 터져라 소리를 지르기 시작했고, 신부에게 욕설을 퍼부으며 기도하지 말라고 했다. 난 사제복의 목깃을 움켜쥐었다. 기쁨과 분노가 뒤섞여 폭발했고, 난 그에게 나의 본심을 온새미로 쏟아부었다. 그는 그렇게도 확신에 찬 표정이 아니던가? 하지만, 그의 확신들 가운데 어느 하나도 여자 머리칼 한 올만큼의 가치도 없었다. 그는 죽은 자처럼 살기에, 살아 있다는 것조차 확신하지 못했다. 나, 난 빈손인 듯했다. 하지만 난, 나를 확신했고, 나의 일체를 확신했고, 그보다는 훨씬 더 확신했고, 내 일생과 다가올 내 죽음에 대한 확신이 있었다. 그렇다. 내겐 오로지 그것밖에 없었다. 하지만 적어도, 이 진리가 나를 사로잡는 만큼이나, 나는 이 진리를 부여잡고 있었다. 내가 옳았었고, 여전히 옳았고, 난 늘 옳았다. 난 그렇게 살았고, 다르게 살 수도 있었을 것이다. 난 이건 했고, 저건 하지 않았다. 난 그런 짓은 하지 않았지만, 다른 짓은 했다. 그 다음엔? 그건 마치 나의 무고함이 입증될 그 첫새벽, 그 순간을 내내 기다렸던 것과도 같았다. 그 무엇도, 그 무엇도 중요치 않았고, 난 그 이유를 훤히 알고 있었다. 그 역시 그 이유를 알고 있었다. 내 미래의 저 심연으로부터, 내가 살았던 그 부조리한 일생 내내, 미처 오지도 않은 세월을 가로질러, 음한 신의 입김이 내게로 역류하고 있었다. 그리고 그 입김이 지나가는 곳에선, 그 당시 내게 닥친 만사가 다 매한가지였고, 난 매우 비현실적인 세월 속에 살고 있었다. 남들의 죽음이, 어머니 사랑이 나와 무슨 상관이고, 그의 하느님이, 사람들이 선택하는 일생이, 사람들이 붙잡는 운명이 나와 무슨 상관이던가! 왜냐하면 나 자신도 단 하나의 운명이 나를 붙잡을 테고, 나와 더불어, 그처럼 서로가 내 형제라 부르는 수십억의 선택받은 자들도 그럴 터이기 때문이었다. 그가 이걸 이해하고 있던가? 도대체, 그가 이걸 이해하고 있던가? 세상 사람 모두가 선택받은 자였다. 오로지 선택받은 자들밖에 없었다. 다른 사람들 역시, 언젠간 그들에게 유죄가 선고될 것이다. 그에게도 역시 유죄가 선고될 것이다. 살인죄로 기소된 그가, 어머니 장례식 때 눈물을 흘리지 않았다고 해서, 처형당한다 한들 뭐가 문제던가? 쌀라마노의 개는 그의 아내 못지않았다. 그 작은 로봇 여인은 마쏭과 결혼한 빠리 여자나, 나와 결혼하고 싶어 했던 마리만큼이나 죄인이었다. 쎌레스트는 레이몽보다 훨씬 더 나은 인간인 만큼, 레이몽이 내 친구라고 해서 뭐가 문제던가? 오늘 마리가 새 뫼르쏘에게 입술을 내민다고 해서, 뭐가 문제던가? 도대체 그가 이해하고 있던가? 이 사형수를, 그리고 내 미래의 저 심연으로부터… 이 모든 말을 외치다 보니, 난 숨이 막혔다. 그런데 이미 내 손아귀에서 신부를 떼어 냈고, 간수들이 나를 위협하고 있었다. 하지만 신부가 간수들을 진정시키고선, 한동안 묵묵히 나를 쳐다보았다. 그의 두 눈엔 눈물이 홍건했다. 신부는 돌아서서 사라졌다.

신부가 떠나자, 난 평온을 되찾았다. 탈진한 나머지, 난 침대에 쓰러졌다. 잠이 들었던 것 같다. 얼굴 위로 별들이 쏟아져 내려서 잠이 깼기 때문이다. 들판에서 나는 소리가 내게까지 들려왔다. 밤 냄새, 흙 냄새, 소금 냄새가 내 관자놀이를 식혀 주고 있었다. 이 잠든 여름밤의 경이로운 평화가 밀물처럼 내 안으로 밀려들고 있었다. 그 순간, 밤이 시작되려는 그 찰나에, 뱃고동 소리가 울려 퍼졌다. 고동 소리는 이제 나와는 영원히 무관한 세계로의 출발을 알리고 있었다. 무척이나 오랜만에 처음으로, 엄마 생각이 났다. 말년에 엄마가 왜 "약혼자"를 얻었는지, 엄마가 왜 다시 시작하려고 모험했는지, 난 이해할 수 있을 것 같았다. 저기 그곳, 저기 그곳에서도 역시, 생명이 꺼져 가는 그 양로원 주위에서도, 저녁나절은 우수가 잠시 머무는 때인 듯했다. 죽음에 임박해서, 엄마는 해방감을 느끼며, 일생을 다시 살 준비가 됐다고 느꼈을 터였다. 그 누구도, 그 누구도 엄마에 대해 눈물을 흘릴 자격이 없었다. 그리고 나 역시도, 일생을 다시 살 준비가 됐다고 느꼈다. 마치 그 거대한 분노가 내게서 악을 씻어 내고, 희망을 비워 내기라도 한 듯이, 징조와 별들이 가득한 이 밤과 마주하자, 난 처음으로 세계의 다정한 무관심에 마음의 문을 열었다. 세계가 그토록 나와 비슷하고, 마침내 그토록 형제같이 느껴지자, 난 행복했었고, 여전히 행복하다고 느꼈다. 내 일생이 오롯이 완성되기 위해선, 내가 외로움을 덜 느끼기 위해선, 내게 남은 소원이 있었다. 내가 처형되는 그 날, 구경꾼들이 대거 몰려와서, 증오의 함성으로 나를 맞이해 주길.

뫼르쏘, 뫼르쏘

작가 까뮈는 뫼르쏘를 '이방인'이라 하지 않았다

우선, '이방인'이란 낱말부터 살펴보자. '이방인'은 '이방'과 '인'의 합성어다. 이런 유의 합성어는 우리말에 아주 흔하다. 일테면, 외국+인=외국인, 외지+인=외지인, 현지+인=현지인, 서양+인=서양인, 동양+인=동양인, 자유+인=자유인, 자연+인=자연인, 회색+인=회색인, 문학+인=문학인, 시+인=시인, 죄+인=죄인, 등등. 그런데, '이방인'이란 합성어와 '외국인'을 비롯한 다른 합성어 사이엔 근본적인 차이점이 있다. '외국', '현지', '서양', '자유', '자연' 등 위에 예시한 일군의 합성어의 첫 낱말과는 달리, '이방'은 우리말에서 통용되지 않는 낱말이다. 한마디로, '이방인'은 일본말이지 우리말이 아니다. 그렇다면, 왜 뫼르쏘가 '이방인'이란 오명을 달게 된 것일까? 답은 간단하다. 일본어 번역을 그대로 답습했기 때문이다.[1] 그것도 잘못된 번역어를 말이다. 진정한 문제는 이

---

1 『이인』 텍스트 안에서도 이런 오류는 흔한데, 대표적인 예가 '수사 검사'(le juge d'instruction)

제부터다. 작가 까뮈가 '이방인'이란 의미로 소설 제명을 달지 않았고, 프랑스 독자 그 누구도 뫼르쏘를 '외국인'으로 여기지 않기 때문이다.

미국 대학에선 1950년대 초부터 까뮈의 첫 소설 『이인』(1942)을 교재로 사용했는데, 출간된 지 십 년밖에 되지 않은 책을, 그것도 이제 겨우 마흔 살에 불과한 현역 작가의 작품을 교재로 채택한 지극히 이례적인 사례였다. 출판사의 거듭된 요청에 못 이겨 까뮈가 집필한 「미국 대학 교재 서문」은 1958년에 발표됐다. 이 미국판 서문은 작품에 못지않은 유명한 글이 됐는데, 쉽고도 간결한 언어로 주인공 뫼르쏘의 정체성을 명확히 설명하고 있다는 점에서다. 불과 한 쪽 남짓의 세 단락으로 구성된 짤막한 글인데, 첫 단락을 아래에 인용한다.

나는 오래전에 『이인』을 한 문장으로 요약한 바 있는데, 이 문장이 매우 역설적인 표현임을 인정한다. "우리 사회에선 어머니 장례식 때 눈물을 흘리지 않는 사람은 누구든지 사형을 선고받을 수 있다." 내가 하고 싶던 말은 단지 이렇다. 이 책의 주인공은 연기를 하지 않기 때문에 사형을 선고받았다는 것이다. 이런 의미에서, 그가 살고 있는 사회에서 그는 다른 사람이다. 그는 고독하고 육감적인 사생활에 빠져 변두리 주변에서 배회한다. 바로 이런 이유로, 독자들은 그를 쓰레기로 취급하기도 했다. 하지만, 어떤 점에서 뫼르쏘가 연기를 하지 않는지 스스로 물어보면, 독자들은 이 인물에 대해 훨씬 더 정확한 생각을, 어쨌거나 저자의 의도에 훨씬 더 알맞은 생각을 하게 될 것이다. 답은

를 '예심 판사'로 옮긴 것이다.

간단하다. 그는 거짓말하길 거부한다. 거짓말을 한다는 건, 단지 실제가 아닌 사실을 말하는 것만이 아니다. 거짓말을 한다는 건, 또한 특히나, 실제 이상으로 말하는 것이고, 인간의 심성과 관련해선, 실제로 느끼는 그 이상으로 말하는 것이다. 바로 이게 우리 모두가 날마다 하는 짓이다. 간편히 살기 위해서 말이다. 겉으로 보기와는 달리, 뫼르쏘는 간편히 살려고 하지 않는다. 그는 실제 그대로의 자기를 얘기하고, 자신의 감정에 덧칠하길 거부한다. 그러니 즉시, 사회는 위협을 당한다고 느낀다. 이를테면, 상투적인 표현으로, 그에게 자신의 범죄를 후회하냐고 묻는다. 그는 이 점에 대해선 진정한 후회보단 지겨움을 더 많이 느낀다고 대답한다. 이 뉘앙스 때문에, 그를 단죄한다.

단순하고 명쾌하다. 뫼르쏘는 거짓말을 하지 않는, 아니 거짓말을 하지 못하는 인간이다. 세상 사람 모두가 밥 먹듯이 거짓말을 하며 사는데, 그는 밥을 먹지 않는 인간이나 다름없다. 이 세상엔, 거짓말인 줄 모르면서 거짓말하거나, 거짓말인 줄 알면서도 거짓말하거나, 아니면 어쩔 수 없이 거짓말을 해야 하는 이들이 수두룩한데 말이다. 사회가 "위협을 당한다"고 느낄 만도 하다. 독야청청하니까. 흔히 '맑은 물에 고기 안 논다'라고 하는데, 맑은 물에 노는 고기니까. 『이인』의 저자가 윗글에서 설명하는 뫼르쏘의 정체성은 단순하다. 뫼르쏘는 더러운 물에 사는 뭇사람과는 "다른 사람"이다. 한마디로, 진실의 인간이다. 까뮈 자신이 위 서문의 두 번째 단락에 사용한 표현대로, "진실과 절대에 대한 심오하고 악착같은 열정이 깃들어 있는" 인간이 바로 뫼르쏘다.

"태양 때문이었다." 거짓말을 하지 못하는 그의 '절대 진실'이다. 그러나, 누구도 이 진실을 있는 그대로 받아들이지 못한다. "간편히 살기 위해서", 거짓말인 줄 알면서도 그냥 속아 넘어가는, 아니면 속아 넘어간 체하며 사는 이들이 진실의 언어엔 고개를 돌린다. 역설이다. 거짓말을 밥 먹듯이 하는 이들이 밥도 먹지 않는 인간의 진실을 깔아뭉갠다. 연기의 고수들이, 위선의 대가들이 진실의 영웅을 처단한다. 뫼르쏘, 그는 진실의 희생자다. 진실 때문에, 진실을 말했기 때문에, 사형을 선고받았다. 불편한 진실이다. 진실은 때로 불편하다. 거짓이 진실을 이긴다. 불편한 현실이다. 까뮈는 그리고 뫼르쏘는 바로 이 불편한 현실을 고발하고 있다.

이런 점에서, 까뮈의 『이인』은 에밀 졸라의 「나는 고발한다」이다. 졸라의 '고발' 덕분에 드레퓌스는 사형을 면했지만, 뫼르쏘에겐 그의 '진실'을 믿어 줄 졸라가 없었다. 불행하다. 다행히도, 작가의 절묘한 기지(奇智) 덕분에 사형이 집행되진 않았다. 사형수 뫼르쏘는 오늘도 사형집행을 기다리며 인간들의 거짓과 위선을, 연기하는 사회의 타락상을 고발하고 있다. 사실, 그는 "증오의 함성"이 아니라 '진실의 함성'을 듣고 싶다. 그는 오늘도 자신의 '진실'을 사람들이 진정으로 이해하길 고대하고 있다. 달리 말해, 거짓이 난무하는 사회를, 위선의 연기가 자욱한 사회를 사람들이 거부하길 기대하고 있다. 적어도 『이인』의 독자들만이라도 말이다. 그는 우리 독자들에게도 똑같은 요구를 하고 있는지도 모른다. 그리고 적어도 '이방인'이란 오명만큼은 벗겨 주길 말이다. 거듭 강조하지만, 『이인』의 저자 까뮈가 밝힌 뫼르쏘의 정체성은 단순하고 명쾌하다. 뫼르쏘는 거짓말에 길든 우리와는 "다른 사람"이다. 이인(異人)이다.

또한, 『이인』의 육필 원고에서도 뫼르쏘의 정체성을 확인할 수 있다. 이 원고의 여백을 보면, 까뮈가 소설 제목에 다음과 같이 일종의 부제를 덧붙이려 했음을 알 수 있다. 부득이 프랑스어로 인용한다. "L'Étranger ou un homme comme les autres." 우리말로 옮기면, "이인인가? 범인인가?"이다. 우리말의 '또는'에 해당하는 프랑스어 접속사 'ou'는 '양자택일'을 강요한다. 다시 말해, '모 아니면 도'(tout ou rien)라는 표현에서 보듯이, 두 항의 의미가 반대 명제에 해당함을 나타낸다. 따라서, 위 표현의 두 번째 항 '남들과 같은 사람'의 반대 명제는 '다르고 비범한 사람'일 수밖에 없다. 즉, 작가 까뮈는 소설 집필 당시 뫼르쏘를 '범인과는 다른 사람'으로 구상했다는 것이다. 달리 말해, 뫼르쏘는 애초부터 '이방인'이 될 자격이 없다는 말이다. 하기야, 작품 속에서도 명백한 현지인이기에, 외국인으로 간주할 근거가 아예 없다. 그렇다면, 일본어 번역자들은 왜 '이방인'이라고 한 것일까? 답은 간단하다. 하나는 알고 둘은 몰라서다. 프랑스어 사전에 제시된 어의 선택의 오류다.

프랑스의 대표적인 사전인 『르 쁘띠 로베르』엔, 사람을 뜻하는 명사 'étranger'의 어의로 두 가지가 제시돼 있다. 첫째, "다른 나라의 국적인 자", 즉 외국 사람이다. 둘째, "같은 부류에 속하지 않는 자, 우리와는 공통점이 하나도 없는 자", 즉 다른 사람이다. 그리고 첫째 어의의 예시로 "외국인의 여권"을, 둘째 어의의 예시로 "『이인』, 알베르 까뮈의 소설"을 들고 있다. 어쩌면, 일본어 번역자가 위 사전을 제대로 들춰 보기만 했더라도, 어의 선택의 오류는 피할 수 있었을지도 모른다. 아니면, 사후에라도 오류를 바로잡았어야 할 터다. 물론, 사전에 제시된 어의들 가운데 어떤 어의를 선택하느냐의 문제는 모든 번역자가 겪는 고충이고 난제다. 하지만, 유명한 경구나 표현, 특히 한 인간의 정체성과 관련될 경우, 홍길동을 홍길봉으로 부를 수 없는 이상, 최

대한 오류를 피해야 마땅하다. 가령, 요한복음 8장 32절의 유명한 경구 "진리가 너희를 자유케 하리라"를 보자. 이 표현은 라틴어 *"Veritas vos liberabit"*를 옮긴 것인데, 라틴어 *'veritas'*엔 '진리', '진실', '사실', '진상' 등 여러 뜻이 있긴 하지만, '진실이 너희를 자유케 하리라'로 번역할 순 없는 노릇이다. 마찬가지로, 프랑스어의 *'école'*에는 '학교', '학파', '학원' 등 여러 뜻이 있지만, '빠리 학파'를 '빠리 학교'로 옮기지 않는다.

지나는 길에, 네이버 국어사전을 보기로 하자. 이 사전엔 '이방인'(異邦人)이란 표제어가 제시돼 있고, 그 뜻풀이는 다음과 같다. "1. 다른 나라에서 온 사람. 2. 유대인이 선민의식에서 그들 이외의 여러 민족을 얕잡아 이르던 말." 이 뜻풀이에 따르면, 뫼르쏘는 둘 중 어디에도 속하지 않는다. 우리말 사전에도 그의 자리가 없다. 우리말에서도 뫼르쏘가 '이방인'의 자격이 없다는 말이다. 한편, 같은 사전이 제시한 '이인'(異人)의 뜻풀이는 다음과 같다. "1. 재주가 신통하고 비범한 사람. 2. 다른 사람. 3. 외국 사람." 이 뜻풀이를 보면, 프랑스어 사전이 제시한 첫 번째 어의인 '외국 사람'까지도 포함할 수 있을 뿐만 아니라, 뫼르쏘의 정체성을 오롯이 반영할 수 있는 우리말이 바로 '이인'이다. 태양과의 사투에서 "태양을 이기고자", 태양을 향해 권총을 발사해서, "태양을 흔들었다"라고 밝히며, 태양 살해를 기도한 자보다 더 '신통하고 비범한' 인간이 있을까? 굳이 덧붙이면, 뫼르쏘(Meursault)라는 이름 자체가 '태양의 죽음'이란 뜻을 담고 있다. 『태양을 맞으며 걸어가는 한 남자의 그림자. 알베르 까뮈에 관한 성찰』의 저자인 알제리 출신의 연구자 마이싸 배(Maïssa Bey)에 따르면, '이인'에 해당하는 아랍어 'El Gharib'는 '외국인'을 뜻할 뿐만 아니라, '전대미문의 상상조차 할 수 없는 자, 남들과 달라서 놀랍고 불편한 자'를 뜻하는데, 뫼르쏘의 정체성을 오롯이 반영하는 낱말로 보인다. 참고로, 홍명희의 『임꺽정』엔 황천왕동이라는 아주 특이하고 비범한 인물이 나오는데, 벽초는 이 인물을 여러 차례 '이인'(異人)이라 지칭한다.

　그렇다면, 왜 뫼르쏘의 정체성은 이인일 수밖에 없는가? 해석학의 원리에 따르면, 이에 대한 대답은 『이인』 텍스트 그 자체에서 찾아낼 수밖에 없다. 우선, 뫼르쏘라는 인물의 특성부터 하나하나 열거해 보기로 하자. 그는 어머니 장례식 때 눈물을 흘리지 않는다. 연기를 하지 않기 위해서다. 그는 어머니의 죽음이 아무런 의미가 없다고 생각할 뿐만 아니라, 어머니의 죽음에도 일신상의 변화가 하나도 없다고 실토까지 한다. 굳이 하지 않아도 될 말을 자청해서 털어놓는다. 솔직해서다. 그는 일요일을 싫어한다. 단지, 따분해서다. 그는 소위 '귀차니즘'의 대명사다. 만성병이다. 어머니의 장례를 치른 뒤여서, 사람들이 이것저것 물어볼 터라, 대답하기 귀찮아서 평소대로 쎌레스트네 식당에 가지 않고, 집에서 간단하게 해결한다. 그것도 빵을 사러 가기 귀찮아서, 빵도 없이 달걀 요리만 먹는다. 상대에게 자신의 솔직한 심정을 털어놓고 싶은 마음이 굴뚝같지만, 그게 귀찮고 쓸데없는 짓이라 여겨서 그만둔다. 그런 게 한두 번이 아니다.

　그는 사랑이 아무런 의미가 없다는 확신에 차 있다. 그에겐 마리라는 여자 친구가 있다. 마리(Marie)는 프랑스어로 '사랑하다'(Aimer)라는 뜻이다. '사랑의 여신'인 마리가 자기를 사랑하냐고 그에게 묻는다. 그는 "전에도 이미 한 번 말했듯이, 그건 아무런 의미도 없지만, 아마도 사랑하지 않는 거 같다"라고 거침없이 대답한다. 같은 말을 두 번이나 반복한다. "그럼, 왜 나와 결혼하는데?"라는 마리의 사랑 투정에도 아랑곳없이, "그건 하나도 중요하지 않고, 그녀가 원하면, 우린 결혼할 수 있다"라고 받아친다. 눈치도 없다. 아니, 눈치 없는 게 아니라, 연기를 하지 못해서다. 그러면서도 마리의 청혼은 받아들인다. 그 이유가 걸작이다. 마리가 청혼하니, 그저 "좋다"라고 할 뿐이다. 거절하지 못해서, 마지 못해서다. 어차피, 사랑이란 아무런 의미가 없으니까. 게다가, 다른 여자의 청혼도 받아들이겠냐는 마리의 질문에 "당연하지"라고 대답한다. 할 말은 하지 않고, 못할 말만 골라서 한다. 아무리 거짓말을 못 해서라 해도 그렇지, 낯 두껍다. 뻔뻔스럽다. 마리가 가엾다. 마리가 "이상한 사람"이라 부를 만하다. 마리 말이 백번 옳다. 평범한 사람으로 볼 구석이라곤 눈을 씻고 찾아봐도 없으니 말이다. 게다가, 마리의 말에 꼬박꼬박 대꾸하던 그가 "이상한 사람"이란 지적엔 "덧붙일 말이 없어 입을 다물자"라고 밝히기까지 한다. 이상하다. 본인도 그렇게 생각하나 보다.

　그는 빠리에 가서 근무할 의향이 있는지 묻는 사장의 제의를 일언지하에 거절한다. 사장의 표현대로 "빗나간 대답"이 그의 주특기다. 물론, 나름의 이유는 있다. 지금의 삶을 바꿀 만한 이유가 딱히 없어서다. 빠리를 싫어할 뿐만 아니라, 빠리의 삶이나 알제의 삶이나 별반 다르지 않다고 생각해서다. "대학생 땐, 나도 그런 야망이 많았다. 하지만, 학업을 포기해야만 했을 때, 난 그런 야망이 다 실제론 부질없음을 곧 깨달았다." 출세욕이라곤 약에 쓰려도 없다. 이래도 한세상, 저래도 한세상이다. 그러니, "이래도 저래도 내겐 마찬가지"라는 말을 입에 달고 산다. 그의 말동무다. 직업이 포주인 레이몽의 친구가 되든 말든, 이 포주 친구를 위해 경찰서에 가서 증언하든 말든, 사랑하지도 않는 여자와 결혼하든 말든, 심지어 "서른에 죽으나 일흔에 죽으나", 그에겐 이래도 저래도 마찬가지다. 일컬어 '마찬가지즘'이 골수에 배겼다. 고질이다. 결국, 이 고질 때문에 "사달"이 나고야 만다.

"하늘에서 쏟아지는 눈부신 작달비"를 맞으며 괴로운 건, 별장 계단에서나 백사장에서나 어차피 "마찬가지"여서, 백사장으로 발길을 돌려 걷기 시작한다. 이번이 세 번째다. 처음엔 마쏭과 레이몽과 뫼르쏘, 그담엔 레이몽과 뫼르쏘, 그리고 마지막엔 뫼르쏘 혼자다. 우리말에서 흔히 삼세번으로 끝내자고 하는데, 끝내 사달이 난다. "불행의 문"을 "네 번" 두드린다. '짜-자-자-장.' 짜장면 광시곡이 아니다. 베토벤의 〈5번 교향곡〉의 첫 울림이다. 통상 여섯 발인데, 총알도 다섯 발밖에 발사되지 않았다. 5번의 총성과 5번 교향곡. 말이 나온 김에, 독자들께 권유한다. 뫼르쏘가 마지막 세 번째로 백사장을 향해 걸어가기 시작할 때부터, 모리스 라벨의 〈볼레로〉를 들으시라. '딴-따-라-라-딴-따-라-란…' 아주 부드럽고 고요하게 렌티시모와 피아니시모로 시작해서, 아다지오, 안단테, 모데라토, 알레그로, 메조포르테, 크레센도, 끝으로 포르티시모로, 천지를 진동하는 심벌즈의 '꽝' 소리와 함께 끝난다. "귀를 찢는 날카로운 소리"다. "태양의 심벌즈 소리"다. "태양을 흔들었다." 이제, 베토벤의 교향곡을 들을 차례다. 볼레로의 끝음이 교향곡의 첫 음으로 이어진다. '꽝-짜-자-자-장.' 소설과 음악의 결혼이 이채롭다. 각설하고, 따지고 보면, '마찬가지즘'이 불행의 문을 두드린 원흉이다.

그는 오감뿐만 아니라, 육감(肉感)과 육감(六感)마저 매우 뛰어나다. 보통을 능가해도 한참 능가한다. 사장의 "한시름 던 표정"까지 포착한다. 어떤 표정을 지었길래, 한시름 던 표정이라고 하는진 모르지만 말이다. 밤샘하러 온 양로원 노인들을 바라보며, 자기를 "심판하기 위해" 그 자리에 있다고 느낀다. "누구든지 늘 조금은 잘못이 있는 법"이니까. 줄담배에다 까페오래광이다. 더없이 맛있게 마신다. 바람에 실려 온 꽃 내음이나 소금 냄새는 그렇다 치더라도, "어둠 냄새"까지 맡는 개코다. 그의 두 눈은 빛에 극도로 예민하다. "눈이 시릴" 정도가 아니라, "눈이 에일" 정도로 민감하게 반응한다. 급기야, 태양을 흔들고야 마는 것도 날빛에 지나치게 과민한 눈 탓이다. "허리가 점점 더 쑤셔서" 잠에서 깨고, "뭔가 살짝 스치는 소리"에도 잠이 깬다. 법정이나 호송차 안에서도 바깥의 소리들을 하나하나 다 듣는다. 젖은 수건에 질색하는 민감한 손도 빼놓을 수 없다. 수사 검사실을 나서면서, 검사에게 "손을 내밀어 악수까지 청하려다가", 사람을 죽인 손이라는 생각이 제때에 떠올라 그만둔다. 마치 도원결의라도 하듯, 친구가 된 레이몽이 꼭 붙잡은 손을 놓은 직후, 캄캄한 층계참에서 들이마신 "신의 입김"은 운명의 서곡이었다. 이웃으로 산 지 팔 년 만에 처음으로, 쌀라마노 영감이 슬그머니 내민 '더러운 손'(Salamano의 뜻)을 잡은 다음, 그 손으로 살인을 저지르는 것도 결코 우연이라고만 할 수 없다.

그는 자신의 재판을 구경하는 게 재밌다고 생각한다. 그 이유 또한 걸작이다. "내 평생 단 한 번도 그럴 기회가 없었다"이다. 능청스럽다. 나의 재판인데도, 겁이 나긴커녕, 마치 남의 재판인 양 심드렁하다. 미어터질 만큼 방청객들이 가득 메운 법정을 보며, 너무 놀란 듯, 기껏 하는 말이 "웬 사람들이 이렇게 많아요!"다. 천연덕스럽다. 사형을 언도받은 직후, 재판장이 할 말이 하나도 없냐고 묻는다. "없습니다." 참 대답 쉽다. 할 말이 없어서다. 하긴, 늘 할 말이 없었다. 과묵하고 내성적인 성격이냐는 물음에 본인 입으로 이렇게 답한다. "할 말이 별로 없기 때문이죠. 그래서 말이 없는 거죠." 설령 굴뚝같이 말하고 싶다가도, 막상 입을 열지 않는다. 한두 번이 아니다. 고질병이다. 거짓말의 빌미를 아예 싹둑 잘라 버리려는 결벽증이다. 이 세상 그 무엇보다도 거짓말에 질색하는 인간이니 말이다. 어머니 장례식 날 눈물을 흘리지 않은 게 "본연의 감정"을 억제해서냐고 변호사가 조심스레 묻자, 즉각 일말의 머뭇거림도 없이 "아니요. 그건 거짓말인데요"라고 대놓고 면박한다. 물어본 사람이 무안해서 쥐구멍이라도 찾아 들어가야 할 판이다. 그만큼, 그는 거짓말과는 그야말로 철천지원수지간이다. 이것 하나만으로도, 날마다 거짓말하며 간편하게 살아가는 우리와는 생판 다른 인간이다.

위에 열거한 인물 뫼르쏘의 특성들 하나하나는 그가 아닌 범인들에게서 얼마든지 찾아볼 수 있다. 하지만, 그 특성들 전부가 한 사람에게 통째로 깃들인 경우는 극히 드물 터다. 그래서 그가 우리와는 다른 사람이다. 이인이라고밖에 할 수 없는 그런 인간이다. 일테면, 죽음과의 처절한 사투에서 승자가 되어 죽음의 정복자로 등극하는 자를 과연 이인이라고 하지 않을 수 있을까? "그래, 좋아. 그러니까, 죽으면 되잖아!" 누가 이런 악을 쓸 수 있으랴. 교화신부가 "내세의 삶"을 들먹이며 회유하자, 내세의 삶이란 게 기껏해야 "부자가 되길 바라거나, 아주 빨리 헤엄치길 바라거나, 훨씬 더 잘생긴 입술을 바라는 것 이상으로 중요하진 않았다"라고 받아치면서, "이 현세의 삶을 곱씹을 수 있는 삶이라니까요!"라고 역정 내는 자가 과연 보통 사람일까? 끝으로, 나의 일생이 완성되기 위해선, 나의 처형식 날에 "구경꾼들이 대거 몰려와서, 증오의 함성으로 나를 맞이해 주길" 소원하는 인간이 이 세상에 과연 있기나 할까?

그리고, 『이인』엔 '이인'이란 명사가 딱 한 차례 등장하는데, 물론 "다른 사람"의 의미에서다.

『이인』의 언어는 '글'이 아니라 '말'이다

흔히, 소설은 '글로 된 이야기'인데, 『이인』은 '이야기된 말'이다. 그래서 『이인』의 언어는 '글쓰기의 산물'이 아니라 '말하기의 선물'이다. 그리고 화자 뫼르쏘는 '이야기꾼'이 아니라, 말 그대로 '말꾼'이다.

비평가 롤랑 바르트는 "『이인』의 출간은 사회적 사건이었다"라면서 "건전지의 발명"에 비유한 바 있다. 지구가 태양의 주위를 돈다고 주창했던 코페르니쿠스의 혁명에 비유하기 위해서였다. 그만큼, 『이인』의 탄생이 역사적 사건임을 강조한 것이었다. 바르트는 『이인』의 새로운 글쓰기를 "새하얀 글쓰기"라는 신개념으로 명명하며 「글쓰기의 영도」(1947)라는 글을 발표함으로써, 당시만 해도 무명인에 지나지 않던 그가 일약 20세기 프랑스를 대표하는 비평가로 탄생하게 되었다. 그리고 익히 알듯이, 『이인』의 영감을 받은 나딸리 싸로트와 알랭 로브-그리예는 누보로망에서 새로운 글쓰기를 시도했는데, 굳이 말하자면, 객관적 글쓰기로 유명한 누보로망의 시조가 바로 『이인』이다. 동서고금을 통틀어 문학의 역사에서, 한 시대를 풍미한 비평가와 새로운 소설 장르를 탄생시킨 작품이 과연 있을까? 사실, 『이인』의 대성공은 그 내용이 아니라, 그 형식, 즉 다르고 새로운 글쓰기에 힘입은 바가 크다. 그래서 오늘날에도 프랑스 작가와 작가 지망생에게 필독서이자 애독서로 꼽힌다.

『이인』은 일인칭 소설이다. 흔히, 일인칭 소설은 주인공인 '나'가 자신의 내면을 그대로 드러냄으로써, 독자가 이 '나'의 세계에 쉽게 다가갈 수 있기에, '나'와 독자 사이에 거리감이 자리할 수 없는 구조다. 다시 말해, 일인칭 소설은 화자가 독자의 공감을 끌어내 '나'의 세계에 빠지도록 유인하기에 이상적인 소설 형식이다. 일인칭 소설의 최대 장점이다. 그런데 『이인』은 이런 장점을 헌신짝처럼 차 버린 낯설고 이상한 소설이다. 왜냐하면 화자가 '나'의 내면을 있는 그대로 드러내긴 하는데, 그 내면을 드러내면 드러낼수록 독자의 '공감'을 끌어내긴커녕, 도리어 독자에게 그만큼 더 '거부감'을 안겨 주기 때문이다. 굳이 누설하지 않아도 될 내면을 지나치게 솔직하게 폭로하기 때문이다. 이 지나치게 투명한 화자의 언어 행위를 흔히 "새하얀 목소리"(voix blanche)라 부른다. 한마디로, 『이인』은 기존의 일인칭 소설과는 전혀 다르고 새로운 소설이라는 말이다. 일인칭 소설인데, 일인칭 소설이 아니라, 삼인칭 소설인 듯하다. 모리스 블랑쇼가 지적했듯이, 『이인』은 "주체 개념이 사라지게 하는 책"이고, "우리라는 **나**는 얼굴 없는 **그**의 중성에 빠짐으로써 자기를 인식한다". 화자 뫼르쏘의 '나'는 "사라진 **나**" 또는 "**나**를 대체한 **그**"라는 말이다. 자끄 데리다의 표현을 빌리면, "어떤 **나**가 타자에 대해, 제삼자에 대해 말한다. **나**는 그에 대해 말한다." 그래서 『이인』의 '나'를 "**나**로 가장한 **그**"라고 한다. 한마디로, 괴짜이다.

이 괴짜의 탄생은 화자 뫼르쏘의 언어 행위에서 비롯된다. 화자 뫼르쏘가 인물 뫼르쏘를 얘기한다. 일인칭 소설이니 당연하다. 하지만, 화자의 말본새가 생뚱맞고 야릇하다. 화자 뫼르쏘와 인물 뫼르쏘 사이의 괴리가 생기는 말투를 사용해서다. 화자 뫼르쏘가 인물 뫼르쏘에 대해 마치 강 건너 불구경하듯 얘기한다. 자기 집에 난 불(인물 뫼르쏘)을 남의 집 불구경하는 꼴(화자 뫼르쏘)이다. 그러니, 『이인』의 '나'와 독자 사이에 틈새가 벌어질 수밖에 없다. 어딘지 모르게 다가서기 거북하다. 독자는 뭔가 불편하다. 게다가, 이 뭔가가 분명치 않기에, 더욱 심기가 언짢다. 낯설고 다르고 이상함을 그저 막연히 감지할 뿐이다. 그런데 이 낯섦과 다름에 독자들이 말려들지 않을 수 없으니 희한한 노릇이다. 화자의 농간이다. 야지랑의 대가인 화자 뫼르쏘가 은근미롱 펼치는 계략이다.

독자가 느끼는 거부감은 바로 이 화자의 간계에서 비롯된다. 그런데 이걸 눈치채기가 영 만만찮다. 거부감이 계속해서 쌓이기만 할 뿐이다. 어느 순간엔가 가서야 비로소 막혔던 구멍이 뚫린 듯한 느낌이온다. 화자의 간사위에 놀아난 사실을 알아챌 즈음에 시나브로 웃음이 나온다. 유머 때문이다. 일컬어, 위무르 누아르(humour noir)다. 블랙 유머다. 해학이다. 하지만 간파하기 쉽지 않은 해학이다. 쉬운 말인 듯한데, 선뜻 감이 안 잡힌다. 겉은 무색투명한데, 그 속이 불투명하다. 한마디로, 아리송하다. 그래서 흔히 『이인』은 읽긴 쉽지만, 이해하긴 어려운 책으로 통한다. 곳곳에 간과하기 쉬운 유머가 산재해서다. 그것도 고밀도와 고농도의 유머다. 그러므로, 『이인』을 이해하기 위해선, 이 산재한 유머들을 알맞게 맞대어 해독해야 한다. 고난도의 퍼즐이나마찬가지다. 어쩌면, 결코 완성할 수 없는 퍼즐일지도 모른다. 까뮈는 『이인』의 곳곳에 "상징"이 숨어 있다고 역설했는데, 이 상징의 고리를 벗겨 내야 퍼즐 조각들을 제대로 끼워 맞출 수 있다. 이제, 이 퍼즐의 몇 조각만 맞춰 보기로 하자.

오늘, 엄마가 죽었다.

저 유명한 『이인』의 첫 문장이다. 이건 글이 아니라, 순전히 말이다. 그래서 엄청 낯설다. 독자는 남의 말을 듣는 게 아니라, 남의 글을 읽으려고 책을 펼쳤는데, 첫 문장부터 엉뚱하다. 아니, "오늘"이라니? 아무리 눈을 씻고 봐도, 첫 낱말은 분명 '그날'이 아니라 '오늘'이다. 의당 '그날'이어야 할 텐데, '오늘'이다. 전통 소설은 이미 일어난 이야기(histoire)를 애기하기에, 당연히 '그날, 엄마가 죽었다'에 익숙했던 독자들은 이 뜬금없는 '오늘'에 당혹스럽다. 마치 소설이 아니라 실시간 리얼리티 쇼를 보는 듯하다. "두 시에 버슬 타면, 오후 중으론 도착할 거다." 일상어의 구어체에다 미래 시제까지 나온다. 이건 실시간 리얼리티 쇼 멘트와 다름없다. 과거 이야기가 아니라, 현재 진행형 이야기임이 분명하다.[2] 과연, 이런 소설이 있었나? 이런 글쓰기가 있었나? 아무리 기억을 떠올려도, 난생처음이다. 그래서 더욱 낯설고 서먹하다.

> 난 사장에게 "제 잘못이 아닌데요"라고까지 했다. 사장은 대꾸하지 않았다. 그래서 난, 그런 말을 하지 말았어야 했다고 생각했다.

어머니의 장례를 위한 이틀간의 휴가 신청에 떨떠름한 표정을 짓는 사장에게, 아무리 그래도 "제 잘못이 아닌데요"라고까지 변명하는 직원이 과연 있을진 모르지만, 설사 백번 양보해서 얼마든지 그런 말이 나올 수도 있다 치자. 하지만, 사장이 아무런 대꾸도 하지 않자, "그런 말을 하지 말았어야 했다고 생각했다"라면서, 사장에게 몹쓸 죄라도 지은 것처럼, 촉새같이 방정맞은 주둥아리 탓으로 돌리며 자책하는 꼴이라니. 마치 '제 잘못이 아닌데요'를 '제 잘못인데요'로 번복하는 듯하다. 암튼, 우습다. 단지, 범인들과는 달리, 말에 굉장히 예민한 사람이란

---

2 실제로, 1부 5장까진 일기 형식의 글이다.

인상은 무척 강하게 풍긴다. 첫인상이 심상찮다.

다행히, 이상한 사람과 마주하고 있음을 알기까진 얼마 안 걸린다. 그는 관 뚜껑을 열려고 관으로 다가가는 관리인을 제지한다. 그런 그에게 관리인이 "보고 싶지 않으세요?"라고 묻자, 그는 "예"라고 대답하고 나서, 다음과 같이 덧붙인다. "난 그런 말을 하지 말았어야 했다고 느껴져서 난감했다." 똑같은 말을 똑같이 하면서 자책한다. 뭔가 수상쩍다. 게다가, 관리인이 "왜요?"라고 묻자, "모르겠습니다"라는 대답이 전부다. 왜 보고 싶지 않은지에 대한 해명이 일언반구도 없다. 그러니 독자들은 마냥 답답할 뿐이다. 더욱이, 양로원 도착 직후, 분명 제 입으로 "난 곧장 엄말 보고 싶었다"라고 말했던 터라 더 궁금하다. 결국, 장례가 끝날 때까지 엄마의 마지막 모습을 보지 않았기에, 궁금증은 조금도 해소되지 못한 채, 지금도 미궁 속에 빠져 있다. 암튼, 분명 뭔가를 숨기고 있다. 이 숨기기 전략은 이튿날 이야기를 마감하는 1부 1장의 마지막 단락 첫 문장에서 절정에 이른다.

그 뒤론, 매사가 너무나도 황급하게, 너무나도 순조롭게, 너무나도 자연스레 진행돼서, 기억이 하나도 나지 않는다.

기억이 나지 않으니, 얘기할 거리가 없다는 핑계다. 그러면서도, 기억에 남은 것들이 있다는 구실을 내세워, 한참이나 주저리주저리 늘어놓는다. 단지, 독자가 잔뜩 기대하던 그것에 대해선 입만 뻥끗하고 만다. 따라서, 기억이 나지 않는다는 핑계는 뭔가를 숨기기 위한 엉큼한 술수임이 분명하다. 정확히 말하면, 장례식에서 가장 비통한 순간인 고인과의 마지막 이별에 대해 언급하지 않으려는 기막힌 꼼수다. 위 인용문의 직전 단락만 해도, 장지에 도착하기 전까지의 광경을 시시콜콜 애기하던 화자가 아닌가? 뻬레즈 영감의 허둥대는 모습은 미주알고주 알 뇌까리지 않았던가? 그러던 화자가 정작 하관식 장면은 통째로 건 너뛴다. 관련된 언급이라곤, 기껏해야 "엄마의 관 위에 구르던 핏빛의 흙, 그 흙에 섞여 있던 뿌리의 하얀 살"이 전부다. 엄마와의 마지막 이 별을 고작 "핏빛의 흙"이나 "뿌리의 하얀 살"과 같은 허접한 낱말들로 갈음해 버린다. 이마저도 없었더라면, 고인이 한 줌의 흙으로 되돌아 간 사실마저 궁금할 뻔했다. 그러니, 고별의 눈물은 구경조차 하지 못 한다. 언감생심이다. 반면에, 몇 낱말 건너 곧바로 이어지는 이 마지막 단락의 마지막 말엔 화들짝 놀라지 않을 수 없다. 뜨악할 정도를 넘어 서 당혹감의 수렁에 빠진다.

> 버스가 알제의 불빛 둥지 안으로 들어서자, 이제 가서 잠자리에 들어,
> 열두 시간 동안 자리라고 생각했을 때의 나의 기쁨.

읽는 눈이 깜짝 놀라 휘둥그레질 판이다. 첫 문장의 '엄마의 죽음'과 마 지막 두 낱말 "나의 기쁨"이 묘하게 겹친다. 장례를 치르는 이틀 동안, 영원히 잠든 어머니의 모습을 보긴커녕, 슬픔의 기색조차 한 번도 내 비치지 않았던 자식이 잠이나 실컷 잘 생각을 하니 기쁘다고? 이제 가 서 맘 놓고 실컷 울어야겠다고 해도 시원치 않을 판에 기쁘다고? 그렇 지 않아도 밉상이던 차에, 이젠 정나미까지 뚝 떨어진다. 책장을 넘기 고 싶은 마음이 싹 가신다. 그저 입이 간질간질할 뿐이다. '에이, 이런 놈이 다 있어?' 화자 뫼르쏘가 인물 뫼르쏘를 후레자식 불효자로 만들 어 버린 형국이다. 아무리 그래도 그렇지, "나의 기쁨"이란 말을 굳이

해야 하나? 거짓말을 하지 못해서일까? 그보다는, 화자의 음흉한 술책으로 짐작해야 타당할 터이다. 이번만으로 끝나지 않으니 말이다.

아무튼, 독자는 이 불효자 뫼르쏘를 보면서 당혹감을 넘어 거부감을 느끼지 않을 수 없다. 이제 겨우 1부 1장을 읽었을 뿐인데, 독자와 주인공 사이에 한강이 생기고 말았다. 하지만 화자 뫼르쏘의 입장에선, 그야말로 대성공이다. 그의 교묘한 전략은 과녁의 정중앙을 뚫은 것이나 다름없다. 왜냐하면 인물 뫼르쏘에 대한 독자들의 거부감을 유발하려는 술책이 바로 화자 뫼르쏘의 노골적인 전략이니까. 엄마의 정확한 나이조차 모르는 인물임을 구태여 폭로하는 게 화자의 의뭉스러운 계교이니까. 화자의 계략에 놀아나는 독자들은 억울할 수도 있지만, 끝내 그에 대한 충분한 보상을 받을 테니, 인내심을 발휘할 만한 가치는 충분하다.

"비록 어느 피고석에 앉아 있다 해도, 자기에 대해 하는 말을 듣는 것은 언제나 재밌는 법이다." 2부 4장의 첫 문장으로, 재판 둘째 날, 검사의 논고와 변호사의 변론에 이어 사형 선고가 내려지는 운명의 날을 서사하는 도입문이다. 아무리 생각해도, 참 맹랑하다. 코웃음이 절로 나온다. 과연 피고가 맞나? 하긴, 재판 첫날에도 공판이 개시되기 직전, 교도관이 "겁이 나지 않냐"는 물음에 "아니"라고 대답하고선, 다음과 같이 말했었다. "게다가 어떤 점에선, 재판을 구경하는 게 내겐 재밌기도 했다. 내 평생 단 한 번도 그럴 기회가 없었다." 이지렁 떨어도 유분수지, 도무지 재판의 당자인 피고의 입에서 나올 만한 말이 아니다. '그래, 실컷 구경이나 해라'라는 말이 입가에 맴돈다. 어디가 모자란 인간인지, 아니면 원래 그렇게 생겨 먹은 인간인지, 갈피를 잡기가 영 난망하다. 다시 한번 인용한다.

비록 어느 피고석에 앉아 있다 해도, 자기에 대해 하는 말을 듣는 것은 언제나 재밌는 법이다.

참, 말 쉽다. 소위, 문자 쓰지 않은 투명한 말이다. 그런데, 문자 없는 쉬운 말의 이면에 탁월한 비책이 숨어 있다. 우선, 위 문장은 프랑스어 순수 문법상으론 비문에 해당한다. 두 가지 이유에서다. 첫째, 위의 피고석은 이 세상 아무 데나 있는 피고석이 아니다. 따라서, 프랑스어에선 부정관사가 아니라 정관사를 사용해야 마땅함으로, 우리말의 관형사 "어느"도 부적절한 용례다. 둘째, 피고석에 앉아 있는 자가 바로 화자인 나이므로, "자기에 대해"가 아니라 '나에 대해'라고 표현해야 당연하다. 그러니, 일인칭 '나'는 사라지고, 삼인칭 '자기'가 그 자릴 차지한 셈이다. '나'의 재판인데, '그'의 재판으로 만들려는 심산이다. 한마디로, '나'를 '그'로 대하려는 꿍꿍이다. 따라서, 위 비문은 화자의 노림수서 나온 의도적 오류라고 볼 수밖에 없다. 화자가 노리는 효과는 단 하나다. 화자와 인물이 같은 사람인데도, 둘 사이의 틈새를 벌려 남남처럼 보이게 하려는 수작이다. 그 결과, 화자는 '나'이고, 인물은 '그'가 돼 버린 판국이다. 이러한 착시효과 때문에, 화자가 나에 대해 말하면서 마치 남에 대해 말하는 듯한, 아니면 남이 나에 대해 말하는 듯한 느낌에 빠진다. 물론, 이것 역시 화자의 전략이 빚어낸 효과다.

　이러한 전략은 화자가 일찍이 예고한 바 있다. 화자는 장례식 첫날에 관리인을 언급하며 이렇게 말한다. "원생들을 가리켜 '그들', '남들', 그리고 아주 드물겐 '늙은이들'이라 부르는 말본새에, 난 이미 놀랐었다. 몇몇 원생들은 자기보다 어린데도 말이다." 관리인의 말본새에 놀랐다고? 본인의 전매특허 말투면서 시치미 뚝 뗀다. 내숭이다. 순전히 야지랑이다. 암튼, 독자는 별로 중요치도 않은 관리인의 말본새까지 왜 굳이 거론하는지 선뜻 이해가 가지 않는다. 피고석의 나를 언급하는 문장을 읽고서야, 비로소 이해의 가닥이 잡힌다. 퍼즐 조각 하나가 맞춰진 셈이다. 되돌아보면, 화자의 그런 말투는 처음부터 부지기수였다. 이젠 확실해졌다. 나에 대해 말하면서 남에 대해 말하듯, 아니면 남이 나에 대해 말하는 듯한 자기 방기 말투는 화자의 의도적인 서술 전략이다.

화자 뫼르쏘의 이런 전략을 파헤친 비평가가 바로 롤랑 바르트다. 그래서 바르트는 『이인』의 글쓰기를 명명하려고 "영도의 글쓰기"라는 신개념을 창안했고, 이 신개념만으론 뭔가 모자랐던지, 다음과 같이 여러 가지로 작명하기도 했다. 새하얀 글쓰기, 무색의 글쓰기, 중성적 글쓰기, 투명한 글쓰기, 객관적 글쓰기, 순진한 글쓰기, 부재의 글쓰기, 글쓰기의 영도, 등등. 아니, 『이인』의 새로운 글쓰기 앞에서 얼마나 난망했으면, 저렇게 여러 가지 낯선 용어들로 작명해야 했을까. 하긴, 하나의 신개념만으론 오롯한 설명이 도저히 불가능하니, 그 고충을 이해할 만도 하다. 저 개념들을 다 동원해도, 생소하고 생경한 글쓰기를 온전히 설명할 방도가 없긴 하다. 아무튼, 바르트가 역설했다시피, 이 다르고 이상한 글쓰기가 『이인』에게 전무후무한 성공의 열쇠를 안겨 준 사실만은 분명하다.[3] 게다가, 『이인』의 언어는 '글쓰기의 산물'이 아니라,

---

3 1999년에 르 몽드 신문사와 FNAC 서적의 공동 설문 조사 결과, 20세기 세계 명작 100선을 발표했는데, 레비-스트로스의 『슬픈 열대』(20위), 싸르트르의 『존재와 무』(13위), 베케트의 『고도를 기다리며』(12위), 헤밍웨이의 『누구를 위하여 종은 울리나』(8위), 카프카의 『소송』(3위), 프루스트의 『잃어버린 시간을 찾아서』(2위)를 제치고, 『이인』이 1위에 선정되었다.

'말하기의 선물'이어서 더욱 그렇다. 바르트도 간파하지 못했던 부분이다.

『이인』의 언어가 '글'이 아니라 '말'이라는 사실은 자유 간접화법의 광범위한 사용에서도 확인된다. 자유 간접화법이란, 나의 말이나 상대방의 말 또는 제삼자의 말을 직접 인용하지 않고 간접 인용해서, 일상의 대화에서 말하듯이 자유로이 서사하는 기법이다. 흔히, 문어가 아니라 구어에서 남의 말을 전할 때 널리 사용되는 화법으로, 라 퐁땐 등 몇몇 작가들이 간혹 사용하긴 했지만, 프랑스어 문어체에선 금기시된 서술 기법이었다. 왜냐하면 프랑스어 문법 체계상 명확한 규칙이 없어서 논란이 많을 뿐만 아니라, 타자의 말과 화자의 말이 분명하게 구분되지 않는다는 이유로 오랫동안 잘못된 화법으로 인식됐기 때문이다. 쉽게 말해, 원발화자의 말(일차 언어 또는 사실 언어)인지 화자의 말(이차 언어 또는 메타 언어)인지 구분하기 어렵기 때문이었다.

그런데, 까뮈는 이런 단점을 극복하기 위해 화자 뫼르쏘의 특이한 거리두기 말본새를 구현해 냈고, 바로 이 이상한 말투가 『이인』의 색다른 글쓰기로 인식되어 대성공을 거둔 결정적인 요인이었다. 말하자면, 프랑스 작가들이 대체로 기피하던 자유 간접화법을 대대적으로 자유로이 활용함으로써, 새로운 글쓰기의 시조로 등극했던 셈이다. 바르트가 창안한 '영도의 글쓰기'나 '중성적 글쓰기'라는 신개념도 바로 화자 뫼르쏘의 "새하얀 목소리"에서 비롯된 용어다. 덧붙여 두자면, 『이인』에 나오는 이 화법의 용례들이 문법적으로 적절한지에 대해선 전문가들 사이에서 갑론을박의 대상이 되기도 했다. 하나의 용례를 들면 이렇다.

검사는 내 영혼을 들여다보았는데, 배심원 여러분, 아무것도 찾아내지 못했다고 빈정댔다. 사실은 내게 영혼이란 것이라곤 전혀 없고, 인간적인 면이라곤 눈곱만큼도 없으며, 인간의 심성을 지켜주는 도덕률이라곤 하나도 찾아볼 수 없었다고 했다.

위 인용문에서 보듯이, 자유 간접화법을 활용하는 화자의 말투가 검사의 말을 여과 없이 전하고 있는데, 특히 검사의 말의 대상이 화자 자신이어서 희화적 효과를 극대화하고 있다. 왜냐하면, 검사의 말은 피고의 영혼에 대한 악담인데, 화자가 이 악담의 대상인 나를 마치 남처럼 대하며 심드렁한 말본새로 전언하기 때문이다. 다시 말해, 화자 뫼르쏘는 화자와 인물 사이의 거리두기 효과를 극대화하는 말투에 힘입어, 자유 간접화법의 단점을 온전히 극복하고, 오히려 단점을 장점으로 활용함으로써, 일인칭 화자이면서 삼인칭 화자 행세를 한다는 말이다. 『이인』 텍스트 안에서도, 이 화법의 백미는 작품 말미에서 뫼르쏘가 신부에게 "나의 본심을 온새미로 쏟아부었다"라고 실토하는 장면이다. 아주 드물게 매우 긴 단락으로 서술된 장면인데, 특히나 이 장면의 화법은 화자가 남의 말이 아닌 나의 말을 마치 남이 한 말처럼 서사하고 있어서, 자유 간접화법의 활용 사례 중에서도 지극히 특이한 용례다. 그리고 여기서도 다음의 한마디는 백미 중의 백미다.

살인죄로 기소된 그가, 어머니 장례식 때 눈물을 흘리지 않았다고 해서, 처형당한다 한들 뭐가 문제던가?

여기에서 "그"는 당연히 신부를 지칭한다. 그런데, 말의 내용을 보면,

"그"가 아니라 '나'라고 해야 마땅하다. 아무 죄도 짓지 않은 신부에게 살인죄를 뒤집어씌운 형국이다. 화자의 화법이 자아낸 해학의 진수다. 왜냐하면 위 문장을 직접화법으로 서술할 경우, 거리두기 말투에서 비롯되는 빈정대기 효과가 사라져서, 자유 간접화법만이 자아낼 수 있는 희화화 효과를 전혀 발산할 수 없기 때문이다. 달리 말해, '나'를 '그'로 둔갑시키려는 화자의 노림수가 통하지 않기 때문이다. 사실, 위 문장의 '그'는 반드시 신부만을 지칭하지 않는다. 앞뒤 문맥을 보면, 특정인 '그'가 아니라, 아무 '그'다. 익명의 '그'다. '나'를 '그'에 빗대기 위해 치밀히 계산된 화법일 뿐이다. 『이인』의 말하기의 비밀이 드러나는 순간이다. 바로 여기에, 『이인』의 화자 '나'를 "**나**로 가장한 **그**"라고 하는 이유가 있다. 『이인』은 형식상 분명 일인칭 소설인데, 내용상으론 삼인칭 소설이나 다름없다는 말이다. 일인칭 화자인데, 마치 삼인칭 화자인 듯 행세하기 때문이다. 내 이야길 남 얘기하듯 말한다. 바로 여기서 독특한 유머가 나온다. 화자의 기이한 말투가 자아내는 유머들이다.

이러한 유머들 가운데 블랙 유머의 정수에 해당하는 몇몇 사례들만 보기로 하자. 가령, 재판 첫날 개정하기 직전의 법정 장면이다.

그 순간 난, 같은 부류의 사교계 사람들끼리 재회해서 즐거워하는 클럽에서 그렇듯이, 모두가 가까이 다가서서 이름을 부르며 대화하고 있음을 알아챘다. 그래서 난, 혼자서 속으로 타이르길, 내가 낄 데가 아님을, 약간은 불청객 같은 이상한 느낌이 들었다.

아니, 신성한 법정을 속세의 사교 클럽에 비유하다니. 판사가 이 말을 듣지 못한 게 천만다행이다. 법정모독죄까지 추가될 뻔했다. "혼자서 속으로 타이르길" 만만다행이다. 게다가, 피고인 주제에 "불청객"이라니? 본인 재판이 아니란 말인가? 본인 재판에 불청객으로 참석했다는 건가? 능청맞다. 독자들도 사교 클럽에서 받아 줄 만한 주제가 아닌 정도는 안다. 애당초, 자격이 안 된다. 연기도 못하는 주제에 어딜. 하지만, 혼자 속으로만 생각했으면 될 일이지, 구태여 하릴없이 속내까지 까발려야 하나? 누워서 침 뱉는 줄도 모르면서. 그래서, 침이 튀길 만큼, 웃음이 터진다. 화자의 야지랑에 독자의 배꼽이 고생하는 꼴이다. 변호사의 지루한 변론에 대한 화자의 반응도 웃기긴 마찬가지다. 아무리 변론이 지루하다 한들, 본인의 생사가 걸린 판인데, 귀담아듣긴커녕 한쪽 귀로 흘려 버리다가, 고작 하는 말이 이렇다.

내가 보기에, 변호사의 변론은 도무지 끝날 것 같지 않았다. 하지만 어느 한순간, 변호사의 말에 귀가 번쩍 뜨였는데, 다음과 같이 말했기 때문이었다. "내가 살인을 한 것은 사실입니다." 그러고는 계속해서 그런 말투로, 나에 대해 언급할 때마다, "나"라고 하는 것이었다. 난 아연실색했다.

귀가 번쩍 뜨일 만도 하다. 살인을 한 건 나인데, 변호사가 나 대신에 살인죄를 뒤집어쓰겠다고 자청하고 나섰으니 말이다. 아니, 그런 게 아니다. 변호사의 고루한 수사학을 조롱하는 화자의 엄살이다. 변호사의 말투에 "아연실색했다"고? 새하얀 능청이다. 언제 그렇게 나를 중시했던 적이나 있나? 헌신짝처럼 버리기나 하면서? 새삼스레 시치미 뚝 떼고 능청을 떠는 것뿐이다. 엄살을 부려야, 능청을 떨어야 웃기니까. 그래도, 나의 절대 주권은 결코 양보하기 싫은 모양새긴 하다. 곧바로 이어지는 푸념을 들어 보면 수긍이 갈 만도 하다.

나, 나는 그것 역시 내 사건에서 나를 따돌리는 것이고, 나를 허수아비로 치부하는 것이고, 그리고 어떤 의미에선, 나를 대역하는 것이라고 생각했다. 하지만 난, 이미 이 법정에서 아주 멀리 떨어진 곳에 있었다고 생각한다. 게다가 내가 보기에, 변호사는 우스웠다.

아무리 피고라 해도 엄연한 인격체인데, 이 인격체를 존중하긴커녕 한 인간의 주체성마저 강탈하는 변호사의 작태에 신물 난 척하는 것까진 그렇다 치자. 그런데 그런 작태를 세 번에 걸쳐 서로 다른 표현을 써 가며 한탄하는 데엔 다 이유가 있다. "허수아비" 취급당하면서도 아무런 대응도 하지 않는 피고를 우롱하는 게 주목적이다. 피고를 지렁이만도 못한 존재로 희화화하면서, 꿈틀하는 시늉은커녕, 꿈틀할 생각조차 없는 꼬락서닐 빈정대는 입길이다. 아무리 삼인칭 화자로 행세한다 해도, 저렇게까지 자기를 비하해도 되나? 구제 불능이다. 게다가, 피고를 위한 변론인지 아니면 변명인지 모르지만, 낄 데가 아닌 데에 낀 "불청객" 신세여서, 피고석이 아닌 법정 밖 어디 "아주 멀리 떨어진 곳"에 있다고 둘러대는 헛심까지 쓴다. 허무 개그다. 그러면서도 변호사를 조롱하는 데엔 여념이 없다. 그것도 톡 까놓고 비웃는다. "내가 보기엔, 검사의 재능에 비하면 한참이나 모자랐다." 사돈이 남 말하는 격이다. 변호사의 우스운 변론의 하자(瑕疵)를 짚으면서 늘어놓는 또 하나의 넋두린 우습지도 않다.

단지 변호사는 장례식에 대해선 언급하지 않는데, 내 느낌엔, 그게 그의 변론의 하자였다. 하지만 그 이틀 동안 꼬박, 그 무수한 시간 동안 내내, 내 영혼에 대해 이러쿵저러쿵 떠들었던 별의별 입방아질 때문에, 난 내 영혼이 오롯이 무색의 물처럼 돼 버리는 느낌이었다. 난 그 물에 빠져 현기증이 났다.

말질이 보통이 아니다. 절묘한 역설의 언어다. '닭의 목을 비틀어도 새벽은 온다'는 식이다. 얼핏 보기에, "별의별 입방아질" 때문에 "내 영혼이 오롯이 무색의 물처럼" 돼 버렸다고 개탄하는 듯하다. 그런데, 그게 아니다. 오히려, 그 "무색의 물"이 너무 맑아서, 너무 투명해서 "현기증"을 느낀다는 소리 아닌가? 현기증을 느낄 만큼 순수 무결한 영혼이라는 말 아닌가? 어디 감히 그런 순수 영혼을 심판하냐는 항변 아닌가? 겉으론 자기 비하하는 체하면서, 속으론 내 영혼의 순수성을 으스대고 있지 않은가? 말의 멋을 부리면서, 말의 맛까지 내는 말재간이 아닌가? 화자가 재주를 부리는 동안에, 인물만 영혼까지 죽어난다. 화자의 입만 살아 있다. 말로만 다 한다. 그 입만 살아서 물 위에 둥둥 뜬 꼴이다. 그래서 키득대지 않을 수 없다. 곧이어 늘어놓는 처량한 하소연도 마찬가지다.

그때 난, 이 법정에서 내가 온통 쓸데없는 짓거리만 하고 있다는 생각에 목이 메었다. 오로지 서둘러 하고 싶은 거라곤, 그만 끝내고 내 독방으로 돌아가 잠을 자는 것이었다.

한심하다. 신세타령이나 할 땐가? 당장 사생결단이 날 판인데, 목숨보다 잠이 더 중한가 보다. 그놈의 잠 타령이나 하고 있으니, 바로 그게

"쓸데없는 짓거리"가 아니고 뭐겠는가? 그런데 뒤집어 보면, 변호사의 변론을 듣는 게 쓸데없는 짓거리에 불과하니, 독방에서 잠이라도 자는 게 쓸모 있는 짓거리란 소리 아닌가? 피고석에 앉아 있는 그것 자체가 쓸데없는 짓거리란 소리 아닌가? 능청이 도를 넘어도 한참 넘었다. 마치 화자가 독자에게 제발 피고의 목이 메지 않도록 해 달라고 읍소하는 하소연처럼 들린다. 오로지 독자를 상대로 화자가 늘어놓는 아래의 하소연은 가히 블랙 유머의 정수라 할 만하다.

> 어찌 보면, 나를 쏙 빼놓고서 내 사건을 다루는 꼴이었다. 처음부터 끝까지, 내가 개입하지도 못한 채, 재판이 굴러가고 있었다. 내 의견을 반영하지도 않은 채, 내 운명이 결정되고 있었다. 이따금 난, 사람들의 말을 다 가로막고서, "아니, 도대체 누가 피고입니까? 피고가 된다는 건 대수로운 일입니다. 제게도 할 말이 있습니다"라고 항변하고 싶었다. 하지만 곰곰이 생각해 보니, 내겐 할 말이 하나도 없었다.

이 말을 듣는 독자도 할 말이 없다. "대수로운" 피고의 허망한 넋두리나 빈정대는 꼴이다. 그런 화자의 말질에 헛웃음이 커질 뿐이다. 스스로 운명의 장난에 놀아나길 자처하는 피고의 허무한 꼬락서닐 힐난하는 꼴이다. 그런 화자의 말투가 가관이어서 할 말을 잃었다. 할 말을 잃어 피식 소리가 저절로 나온다. 바로 이거다. 독자가 『이인』을 읽으며 혼자서 배꼽을 잡고서 헛웃음 치도록 만든다. 화자의 입질에 독자의 배꼽이 들뜬다. 말꾼의 혁혁한 승리다. 그렇게 독자를 들었다 놓았다 한다. 지나는 길에 한 가지만 짚고 넘어가면, 변호사는 조롱의 대상으로 삼은 데 반해서, 화려한 수사학[4]의 고수인 검사를 한껏 추켜세우는 화자의 전략이다. 이 전략은 결국 성공한다. 왜냐하면 검사의 터무니없는 독설과 어처구니없는 악담이 없다면, 독자가 마음의 빗장을 벗기고 뫼르쏘를 받아들이기 어렵기 때문이다. 말하자면, 검사에 대한 반감을 뫼르쏘에 대한 호감으로 움직이는 화자의 전략이 적중한 셈이다.

요약하면, 일인칭 화자의 특권을 송두리째 포기해 버린 화자가 바로 낯설고 이상한 말꾼 뫼르쏘다. 독자들을 유혹하긴커녕, 독자들을 마구마구 밀어낸다. 눈치레도 눈비음도 도통 없다. 자화자찬은커녕 조롱거리나 되길 기꺼이 자처하고 나선다. 굳이 희화화의 제물이 되길 발 벗고 나선다. 그래서 우습다. 그래서 헛웃음이 키득키득 나온다. 결과는 화자의 능청맞은 속임수에 놀아난 꼴이다. 말꾼 뫼르쏘의 엉큼한 노림수에 영락없이 걸려든 것이다. '공감'이 아니라 '동정'을 유도하는 풍자와 해학에, 흉금을 털어놓는 듯한 말꾼의 새하얀 말투에 꼼짝없이 속아 넘어간 것이다. 독자가 속는 줄도 모르게 독자를 속이는 말본새가 적중한 셈이다. 바로 이게 말꾼 뫼르쏘의 기막힌 지략이다. 겉으론 모자라고 어리숙한 체하지만, 이 등신을 빙자한 계교에서 독자의 배꼽

---

4 두 가지 예만 들어 보자. 그리고 이 예들은 화자가 직접 인용한 말이다. "여러분, 제가 그 증거를 들겠고, 그것도 이중으로 증거를 대겠습니다. 우선, 너무나도 명명백백한 사실에 입각해서, 그리고 다음으로는, 저 사악한 영혼의 심리가 내비치는 암울한 관점에서 말입니다." "아마도, 우리는 이에 대해 저 인간을 나무랄 순 없을 것입니다. 저 인간이 갖출 수 없던 게 결핍되어 있다고 해서, 우리는 이에 대해 한탄할 수도 없습니다. 하지만 본 법정의 경우, 너무도 해로운 관용의 미덕을 정의의 미덕으로, 쉽지는 않지만, 훨씬 더 고양된 정의의 미덕으로 승화해야만 합니다. 특히나, 저 인간에게서 발견되는 그런 심성의 공백이 이 사회가 함몰할 수도 있는 나락이 될 땐 말입니다."

과 심금을 건드리는 농지거리가 스멀스멀 기어 나온다. 얼핏 귀신 씻나락 까먹는 소리처럼 들리지만, 언중유골의 설법을 유감없이 구사하는 말꾼의 재간이다. 그리고 이런 재간을 간파한 독자는 끝내 백기 투항하고 만다. 우공이산(愚公移山)이라고나 할까.

끝으로, 저 유명한 "태양 때문"이라는 진실의 언어를 언급하지 않을 수 없다. "범죄자의 마음가짐으로" 어머니의 장례를 치렀던 "사악한 영혼"의 "패륜아"에 대해 온갖 악담과 독설을 토해 낸 검사의 혹독한 논고가 끝난 직후, 재판장은 피고의 방어 전략을 도통 이해할 수 없다면서 피고에게 범행 동기를 명확하게 밝혀 주면 좋겠다고 주문한다. 이 재판장의 주문에 답하는 장면을 어수룩한 몇 마디로 서사하는 화자의 어눌한 언어가 기막히다.

나는 얼른, 조금은 두서없이, 그리고 가소로운 발언임을 인지하면서, 태양 때문이었다고 말했다. 방청석 곳곳에서 실소가 터졌다.

시쳇말로 웃프다. 저 말을 듣는 내가 더 민망하다. 민망해서 괜히 헛웃음만 나온다. 하지만, 한편으론 안쓰럽다. 화자의 자기 비하가 절정에 달해서다. 굳이 "두서없이"나 "가소로운 발언임을 인지하면서"를 독자에게 누설할 필요가 없을 텐데도, 게다가 자신의 발언에 대한 방청석의 반응을 덧붙이지 않아도 얼마든지 될 텐데도, 기어이 "방청석 곳곳에서 실소가 터졌다"라고 만천하에 폭로한다. 자기 조롱도 유분수지, 이쯤 되면 희화화의 극치이다. 마치 진실은 언제나 "가소로운" 말에 들어 있다는 진리를 설파하려는 듯이.

그런데, 신기하게도 바로 여기에서 역전극이 펼쳐진다. "태양을 흔들었"던 총성이 "태양 때문"이라는 두 낱말에서 소리 없는 총성으로 다시 울린다. 이 소리 없는 총성으로 뫼르쏘의 운명이 역전된다. 마침내 역전 골이 터졌다고 할까. 화자의 자기 조롱 전략이 통째로 먹힌다. 독설가인 공판 검사의 표현을 빌리면, "낱말의 가치"를 아는 화자의 완벽한 승리다. 뫼르쏘의 진실을 알고 있는 독자는 비로소 "태양 때문"이라는 두 낱말을 들으면서 뫼르쏘와 오롯이 한마음이 된다. 어머니 장례식 때의 무정한 뫼르쏘는 깡그리 잊어버리고, 웃음을 터뜨리며 진실을 외면하는 모두에게 맞서, 조롱당한 피고이자 진실의 화신인 뫼르쏘에게 마음의 문을 활짝 연다. 뫼르쏘가 "처음으로 세계의 다정한 무관심에 마음의 문을 열"듯이 말이다.

그리고, 그리고 마침내, 뫼르쏘가 "형제같이" 느껴진다. 심지어, 낯설고 이상한 인간 뫼르쏘에 대한 반감을 도저히 거둘 수 없었던 독자마저도 끝내 뫼르쏘의 다름에 굴복하고 만다. 굳이 말하자면, 희대의 말꾼이 쳐 놓은 말덫에 꼼짝없이 걸려든 신세다. 바로 이것이 『이인』의 진실이다. 문학에, 아니 정확히는 소설에, 태양 살해 기도 사건에 못지않은 역사적 사건이 발생한 순간이었다. 『이인』의 대성공을 알리는 신호탄이었다. 총이 아니라, 말이 빚어낸 대사건이었다. '신파극'이었다. 오로지 말과 말투로 관객들의 배꼽을 쥐어짜는 그 신파극 말이다. 미증유의 '신종 화자' 뫼르쏘, 전대미문의 '별종 화자' 뫼르쏘가 탄생한 것~이었다.

『이인』에는 이인의 뫼르쏘가 있다

『이인』엔 두 뫼르쏘가 있다. 우선, 1부의 뫼르쏘가 있고, 2부의 뫼르쏘가 있다. 전자와 후자는 같은 사람인데, 서로 다른 사람이다. 법조인이

해석한 2부의 죄인 뫼르쏘는 1부의 자연인 뫼르쏘와는 전혀 다른 인간이다. 군이 표현하면, 2부의 뫼르쏘는 그릇된 해석의 제물로 '뫼르쏘이긴 뫼르쏘인데, 뫼르쏘가 아닌 뫼르쏘'이다. 『이인』의 역설이다. 이런 점에서 보면, 『이인』은 법조인에 대한 신랄한 비판이기도 하다. 사실관계를 중시한다고 입으로는 떠들면서도, 사적인 편견이나 자의적 해석에 근거해 심판하는 법조인의 위선과 불의에 대한 고발이다. 까뮈는 『이인』에 관해 이렇게 말했다. "이 책의 정확한 의미는 1부와 2부 사이의 평행관계에 있다." 평행관계란 접점이 없음을 의미한다. 1부의 뫼르쏘와 2부의 뫼르쏘는 서로 다른 사람이라는 말이다. 『이인』에는 이인(二人)의 뫼르쏘가 있다는 뜻이다.

『시지프 신화』의 저자 까뮈는 "부조리란 본질적으로 단절이다"라고 정의하면서, "부조리의 근본 특성은 대립과 분열과 단절이다"라고 덧붙였다. 『이인』의 저자가 말한 1부와 2부 사이의 평행관계에 있는 "정확한 의미"가 바로 부조리다. 『이인』이 부조리한 작품인 까닭은 1부와 2부 사이의 '대립과 분열과 단절' 때문이고, 뫼르쏘가 부조리한 인간인 이유도 1부의 뫼르쏘와 2부의 뫼르쏘 사이의 '대립과 분열과 단절' 때문이다. 그리고 인물 뫼르쏘와 화자 뫼르쏘의 평행관계를 설명할 수 있는 유일한 철학 개념이 바로 부조리이다. 『시지프 신화』의 저자는 "무관심의 빵과 부조리의 포도주는 인간의 위대함을 키우는 양식"이라고 했는데, '무관심의 빵'을 먹고 사는 인물 뫼르쏘가 있고, '부조리의 포도주'를 일용할 언어로 삼은 화자 뫼르쏘가 있다. 말하자면, 무관심과 부조리는 동전의 양면인데, 이 동전이 바로 뫼르쏘다. 무관심한 뫼르쏘와 부조리한 뫼르쏘가 서로 등을 대고 있다. 그러니, 화자 뫼르쏘가 인물 뫼르쏘에 대해 강 건너 불구경하듯 거리두기 화법으로 얘기하는 것도 당연한 일이다. '부조리의 포도주'에 취한 나머지, '단절'의 언어가 입에 밴 부조리한 화자라고나 할까.

『이인』의 2부 2장의 말미엔 거울 장면이 있다. 뫼르쏘는 거울을 보며 이렇게 말한다. "내가 웃으려고 애쓰는데도, 내 모습은 사뭇 심각한 듯했다. […] 내가 웃는데도, 내 모습은 여전히 진지하고 침울한 표정이었다." 여기에도 2인의 뫼르쏘가 있다. 거울 앞의 "웃는" 뫼르쏘가 있고, 거울 속의 "심각한" 뫼르쏘가 있다. 『시지프 신화』에 따르면, "어느 순간, 거울에서 문득 마주친 이인, 이것 또한 부조리다." 뫼르쏘가 부조리를 인식하는 순간이다. 그리고 "웃는" 뫼르쏘가 1부의 뫼르쏘를, "심각한" 뫼르쏘가 2부의 뫼르쏘를 상징한다는 사실은 굳이 언급하지 않아도 될 터다. 2부 5장의 전반부에서 죽음과의 치열한 사투를 벌이는 뫼르쏘야말로 '심각한' 뫼르쏘의 대명사다. 그런데, 이 '심각한' 사형수가 내뱉는 풍자와 해학엔 혀를 내두르지 않을 수 없다. 풍자와 해학의 귀재인 「견자」(犬子) 시인 김삿갓이 무색할 정도다. 그지없이 '절박한' 처지인데, 더할 나위 없이 '진지한' 농지거리 늘어놓고 있으니, 역설도 이런 역설은 없다. 가령 이렇다.

중요한 건, 탈출 가능성, 저 피도 눈물도 없는 의식 외부로의 일탈, 온갖 희망의 가능성을 열어 주는 광적인 도주였다. 당연히도 희망이란, 한창 달아나는 도중에, 날아오는 총알에 맞아, 길모퉁이서 고꾸라지는 것이었다. 하지만 곰곰이 따져 보니, 그 무엇도 내게 이런 사치를 허용하지 않았고, 내겐 그런 사치가 아예 금지됐고, 그 기계가 다시 나를 옥죄었다.

말의 잔치인가? 아니면, 말의 "사치"인가? 빈정대기의 끝판왕이다. 미칠 듯이 도망치다 "날아오는 총알에 맞아" 골로 가는 게 "사치"라고? 그런 '사치'는 아예 꿈도 꾸지 않는 게 '사치세'라도 내지 않을 상수일 터다. "너무나도 끔찍하게 추워서, 이불을 뒤집어쓰고 오들오들 떨" 일도, "주체할 수 없이 이를 덜덜 떨" 일도 없을 테니까. 한마디만 더 들어보자.

> 내가 판단하기에, 단두대의 결점은 단 한 번의 기회도, 절대적으로 단한 번의 기회도 없다는 것이었다. [⋯] 만에 하나 날이 빗나갈 경우, 다시 하면 됐다. 그러니 난감한 건, 기계가 제대로 작동하기만을 사형수가 바라야 하는 꼴이었다. 내 말은, 이게 바로 단두대의 결점이라는 거다. [⋯] 요컨대, 사형수는 정신적으로 동조해야만 했다. 사형수의 처지에선, 처음부터 끝까지 다 차질 없이 작동해야 이득이었다.

해학의 극치다. 아무리 그래도 그렇지, "단 한 번의 기회"도 주지 않는 "단두대의 결점" 때문에, 제발 기계가 제대로 작동해 단칼에 끝내 달라고 빌어야 한다고? 그게 "이득"이라고? 그럼, 손해 볼 건 뭔가? 마지막 한마디만 더 듣기로 하자.

> 사실은, 기계가 땅바닥에 그대로, 그지없이 소박하게 놓여 있었다. [⋯] 기계는 그 기계를 향해 걸어가는 사람과 같은 높이에 있었다. 사람을 만나러 걸어가듯이, 기계와 합류했다. 이것 또한 난감했다. 단두대를 향해 올라가는 거라면야, 하늘 높이로 승천하는 거라면야, 상상력이 끼어들 여지라도 있었다. 그러긴커녕 이번에도 역시, 기계가 상

상력을 깡그리 뭉개 버렸다. 조금은 부끄러이, 하지만 너무나 드팀없이, 슬며시 죽임을 당하는 거였다.

풍자의 미학이 그야말로 만개했다. 토를 붙일 말이 도통 없다. 상상력은 둘째치고, 말문이 아예 막혀 버렸다. 하지만, 이 허무한 듯한 풍자 언어엔 옹골진 뼈대가 숨어 있다. 사형제에 반대하는 사형수 뫼르쏘의 '광야에서 외치는 목소리'(*Vox clamantis in deserto*)이다. 세례자 요한의 목소리다. 실제로, 까뮈는 1940년대 중반부터 사형제 폐지 운동에 선봉장으로 나선 프랑스 최초의 지성인이었다.

『이인』엔 또 다른 이인(二人)의 뫼르쏘도 있다. 뫼르쏘가 있고, "새 뫼르쏘"(un nouveau Meursault)가 있다. 이 '새' 뫼르쏘의 정체는 무엇일까? 뫼르쏘의 답이다. "그래, 좋아. 그러니까 죽으면 되잖아!" 죽음과의 처절한 결전에서 끝내 이긴 승자의 외침이다. 태양과의 대결에선 패배했지만, 이 절체절명의 사투에선 승리의 개선가를 울리는 순간이다. 필사즉생. '새' 뫼르쏘가 탄생하는 순간이다. 게다가 "낱말의 가치"를 아는 그는 이렇게 덧붙이기도 한다. "난제는, 이 '그러니까'가 추론에서 상징하는 의미를 하나도 놓치지 말아야 한다는 거였다." 치밀한 추론의 단순한 결론이다. 죽음을 오롯이 맞자는 냉철한 이성의 언어다. 죽음의 정복자가 탄생하는 순간이다. '새' 뫼르쏘의 정체는 바로 죽음의 정복자 뫼르쏘다. 『이인』의 마지막 문장은 오로지 죽음의 정복자만이 토로할 수 있는 말이다.

내가 처형되는 그 날, 구경꾼들이 대거 몰려와서, 증오의 함성으로 나를 맞이해 주길.

『이인』의 저자는 미국판 서문의 말미에서 뫼르쏘를 "우리가 섬길 만한 유일한 그리스도"라고 했다. 뫼르쏘 자신의 표현을 빌리면, "일생을 다시 살 준비가 됐다고 느꼈다"는 뫼르쏘다. 이 죽음의 정복자에 대립하는 뫼르쏘는 어떤 뫼르쏘일까? 태양과의 사투를 벌이는 뫼르쏘다. 까뮈가 미국판 서문에서 언급한 "절대에 대한 심오하고 악착같은 열정"을 불사르는 뫼르쏘다. 태양과의 맞대결은 애초부터 승산 없는 결투였지만, 그런 만큼 더 죽음과의 사투에서 승리한 '새' 뫼르쏘가 위대하다. 비록 미수에 그치긴 했지만, 태양을 살해하려 했다는 그 자체가 전대미문의 사건이다. 이 사건으로 인해, '태양의 아들'이 아니라 '어둠의 자식'이 되긴 하지만 말이다. 그토록 사랑했던 태양을 영원히 잃어버린 뫼르쏘다. 정리하면, 뫼르쏘는 태양을 살해하려 기도했던 뫼르쏘이고, '새' 뫼르쏘는 죽음의 정복자 뫼르쏘이다.

끝으로, 난제가 하나 남아 있다. 마리는 뫼르쏘를 가장 잘 아는 인물이다. 그런 그녀가 보는 뫼르쏘는 "이상한 사람"이다. 맞는 말이다. 그런데, 정작 뫼르쏘 자신은 "평범한 사람"이라고 생각한다. 마리와 뫼르쏘도 부조리 관계다. 『시지프 신화』의 저자는 "나와 세계를 이어 주는 유일한 끈이 부조리다"라고 했는데, 마리와 뫼르쏘를 잇는 "유일한 끈"이 바로 부조리다. 그리고 마리를 부정할 수도, 뫼르쏘를 부정할 수도 없다. 그러니, 『이인』은 "이상한" 인간이면서 "평범한" 인간이 아닐까?[5] 더욱이, 뫼르쏘 자신은 "남들과 같은 사람, 절대적으로 남들과 같

---

5 이 글의 앞부분에서 언급했던 프랑스어 표현 "L'Étranger ou un homme comme les autres" 엔 또 다른 비밀이 숨어 있다. 프랑스어 접속사 'ou'엔 '아니면'이라는 뜻 이외에 '즉'이라는 뜻도 있다. 대표적인 예가 몰리에르의 희곡 『사기꾼 따르뛰프』(Tartuffe ou l'imposteur)이다.

은 사람"이라고 철석같이 믿고 있으니 말이다. 하기야, 세상 사람 모두 다 '같은' 사람이면서 제각각 '다른' 사람이 아니겠는가? 어쩌면, 이인 뫼르쏘가 진정 우리에게 하고 싶은 말은 바로 이건지도 모른다. 같지만 달라야 한다고. 군계(群鷄)이면서 일학(一鶴)이어야 한다고. 나만의 기품이 있어야 한다고 말이다.

　뫼르쏘, 이인(異人) 그리고 이인(二人). 이인 뫼르쏘.
　『이인』은 재밌는 책이다. 게다가 웃기는 책이다.

덧말

『이인』이 올해로 팔순을 맞았다. 그래도 여전히 청춘을 뽐낸다. 생생히 살아 있다. 일찍이, 비평가 롤랑 바르트는 「『이인』, 태양의 소설」(1954)이라는 글에서 "보석처럼 정밀하고 섬세한 이 소설은 여전히 때 묻지 않은 힘을 지니고 있다"고, "이 작품은 곱게 나이 먹으면서 숙성되고, 시간이 흐르면서 감춰졌던 마력들을 야금야금 발산하고 있다"고 극찬한 바 있는데, 『이인』은 깊은 맛을 내는 팔십 년 묵은 포도주라 해도 과언이 아닐 것이다. 2011년에 『이인』(문학동네) 번역본을 출간한 지 11년 만에 새로운 번역본을 내놓는다. 이 새 번역본에선 『이인』의 고유한 문학적 가치와 특성을 최대한 살리려고 했다. 다시 말해, 『이인』의 다름과 낯섦은 일상어의 구어체 형식의 특이한 소설이라는 데

따라서, 위 표현은 "범인 이인"도 뜻한다. 이런 의미에서 보면, 뫼르쏘는 '보통 이인'(l'étranger ordinaire)이다. 그리고 '보통 이인'이란 표현 자체가 부조리 언어의 전형이다.

에 있기에, 이러한 원작의 특질을 되살리는 데에 주력했다. 한마디로, 『이인』의 언어를 '글'이 아니라 '말'로 표현하고자 했다. 독자들께서도 '눈으로' 읽지 말고, '소리 내어' 읽어 보시라. 그리고 번역을 "언어의 손님맞이"로 정의한 해석학자 뽈 리꾀르의 번역론에 따라, 구어체 프랑스어 텍스트를 기꺼이 손님으로 맞아들여 우리말의 구어체로 환대하기 위해서, 원문의 모호하고 애매한 부분들도 그대로 두지 않고, 문맥에 적절한 표현으로 옮겼다. 일테면, 프랑스어 부정대명사 'tout'를 그저 '모든 것'으로 옮기지 않고, 대명사의 기능을 되살려 문맥에 따라 적절한 내용으로 풀어쓰기 했다. 끝으로, 이 책의 출간을 흔쾌히 수락한 유재건 대표님과 임유진 주간님, 세심한 교정을 담당한 구세주 편집자님, 그리고 그린비 출판사 관계자 모든 분께 진심으로 감사드린다.

알베르 까뮈 연보

1913년 11월 7일   알제리 동부 몽도비에서 출생. 포도주 제조공이었던 아버지 뤼씨앵 까뮈는 이듬해 1차 세계대전에서 전사함. 스페인계로 문맹에다 반은 귀머거리였던 어머니 까트린 쌩테스는 남편이 전사한 후, 두 아이를 데리고 알제의 달동네에 사는 친정어머니 집으로 들어가 날품팔이 노동으로 생계를 이어 감.

1923년   초등학교 졸업. 루이 제르맹 선생의 도움으로 중학교 진학.

1930년   고등학교 졸업. 졸업반 때 철학 교사로 부임한 장 그르니에를 만남. 폐결핵이 발병해 이후 수차례 요양 생활을 함.

1934년   절세미인인 씨몬 이에와 결혼했으나, 일 년 남짓 만에 파경에 이름.

1936년   알제 대학에서 「기독교적 형이상학과 신플라톤주의」라는 논문으로 석사 학위 마침.

1937년   알제의 샤를로 출판사에서 첫 작품 『안과 겉』 출간.

1938년   신생 좌파 일간지 『알제 레쀠블리깽』 기자로 언론계에 첫발을 내디딤. 1940년 1월 식민정부 당국에 의해 강제 폐간당할 때까지, 편집국장 빠스깔 삐아와 함께 알제리인들의 인권을 위해 치열한 반정부 투쟁을 벌임.

1939년   샤를로 출판사에서 두 번째 산문집 『결혼』 출간.

1940년   『이인』 초고 완성. 프랑씬 포르와 재혼.

1942년   갈리마르 출판사에서 『이인』과 『시지프 신화』 출간. 이후 갈리마르 출판
        사를 대표하는 작가로 등극.

1943년   『독일인 친구에게 보내는 편지』가 지하 출판됨.

1944년   희곡 『오해』 출간. 레지스땅스 기관지였던 『투쟁』의 편집국장으로 부임한
        후 1947년 신문사를 떠날 때까지, 까뮈가 쓴 사설은 당대의 프랑스 지성
        인들에게 많은 영향을 끼침. 해방 후 숙청을 둘러싼 프랑수아 모리악과의
        "인간의 정의"(까뮈) 대 "그리스도의 자비"(모리악) 논쟁은 20세기 프랑
        스 지성인사의 한 장을 장식함. 장-뽈 싸르트르와 만남.

1945년   제라르 필립이 주인공 역을 맡은 『깔리귈라』 초연. 쌍둥이 남매 장과 까
        트린 출생.

1947년   소설 『페스트』 출간. '올해의 비평가상' 수상.

1948년   『계엄령』 초연 및 출간.

1949년   『정의의 사람들』 초연 및 출간.

1951년   『반항인』 출간. 소련과 동구의 공산주의 이데올로기의 허구성을 비판하
        고 있는 이 책으로 인해, 이듬해 싸르트르와 격렬한 논쟁을 벌인 후 영원
        히 결별함.

1954년	산문집 『여름』 출간.
1955년	주간지 『렉스프레스』 논설위원.
1956년	소설 『전락』 출간. 지성인들의 위선을 통박하고 있는 이 작품은 흔히 싸르트르와의 논쟁의 산물로 여겨짐.
1957년	소설집 『적지와 왕국』 출간. 44세의 젊은 나이에 노벨문학상 수상. 상금으로 남프랑스의 루르마랭에 난생처음으로 자기 집을 마련함. 이후 주로 루르마랭에서 집필에 전념.
1959년	자전 소설 『최초의 인간』 집필 시작.
1960년 1월 4일	절친한 친구인 미셸 갈리마르가 몰던 차를 타고 루르마랭에서 빠리로 가던 중 교통사고로 사망. 사고 현장에서 까뮈의 가방 속에 들어 있던 『최초의 인간』 원고가 발견됨.
1971년	미발표 소설 『행복한 죽음』 출판. 『이인』의 습작에 해당하는 이 작품의 주인공 메르쏘는 뫼르쏘의 전신.
1994년	까트린 까뮈에 의해 『최초의 인간』 출판됨. 까뮈의 어린 시절을 엿볼 수 있는 작품으로 전혀 다른 새로운 글쓰기(만연체)를 시도하고 있음.

이인

초판1쇄 펴냄 2022년 8월 26일

지은이 알베르 까뮈
옮긴이 이기언
펴낸이 유재건
펴낸곳 그린비
주소 서울시 마포구 와우산로 180, 4층
대표전화 02-702-2717 | **팩스** 02-703-0272
홈페이지 www.greenbee.co.kr
원고투고 및 문의 editor@greenbee.co.kr

주간 임유진 | **편집** 홍민기, 신효섭, 구세주, 송예진 | **디자인** 권희원, 이은솔
마케팅 유하나, 육소연 | **물류유통** 유재영 | **경영관리** 유수진

ISBN 978-89-7682-685-5 03860

學問思辨行: 배우고 묻고 생각하고 판단하고 행동하고

독자의 학문사변행을 돕는 든든한 가이드 _그린비 출판그룹

그린비 철학, 예술, 고전, 인문교양 브랜드
엑스북스 책읽기, 글쓰기에 대한 거의 모든 것
곰세마리 책으로 통하는 세대공감, 가족이 함께 읽는 책